# 미국 문화의
# 충격적인 진실
# 35가지

# 미국 문화의 충격적인 진실 35가지

| | | | |
|---|---|---|---|
| 발행일 | 2016년 08월 30일 | | |
| 지은이 | 신 재 동 | | |
| 펴낸이 | 손 형 국 | | |
| 펴낸곳 | (주)북랩 | | |
| 편집인 | 선일영 | 편집 | 김향인, 권유선, 김예지, 김송이 |
| 디자인 | 이현수, 이정아, 김민하, 최성경 | 제작 | 박기성, 황동현, 구성우 |
| 마케팅 | 김회란, 박진관, 오선아 | | |
| 출판등록 | 2004. 12. 1(제2012-000051호) | | |
| 주소 | 서울시 금천구 가산디지털 1로 168, 우림라이온스밸리 B동 B113, 114호 | | |
| 홈페이지 | www.book.co.kr | | |
| 전화번호 | (02)2026-5777 | 팩스 | (02)2026-5747 |
| ISBN | 979-11-5987-198-6 03810(종이책) | | 979-11-5987-199-3 05810(전자책) |

이 도서의 국립중앙도서관 출판예정도서목록(CIP)은 서지정보유통지원시스템 홈페이지(http://seoji.nl.go.kr)와 국가자료공동목록시스템(http://www.nl.go.kr/kolisnet)에서 이용하실 수 있습니다. (CIP제어번호 : CIP2016021307)

성공한 사람들은 예외없이 기개가 남다르다고 합니다.
어려움에도 꺾이지 않았던 당신의 의기를 책에 담아보지 않으시렵니까?
책으로 펴내고 싶은 원고를 메일(book@book.co.kr)로 보내주세요.
성공출판의 파트너 북랩이 함께하겠습니다.

# 미국 문화의
# 충격적인 진실
# 35 가지

신재동 지음

북랩 book Lab

미국에 처음 와서는 미국의 생소한 점이 여기저기 눈에 띄었습니다. 이제 미국에 오래 살다 보니 한국에 가면 생경한 점이 눈에 거슬립니다.

미국에서 살면서 알게 된 것들 그리고 미국과 한국의 문화가 서로 다르기 때문에 자칫 잘못하면 오해를 불러올 수 있고 이는 곧 불신으로 이어질 수도 있는 것들을 눈여겨보았습니다.

미국을 여행하거나 방문 내지는 공부하러 갈 때 미리 미국 문화를 알고 간다면 그나마 도움이 되지 않을까 합니다.

특별히 미국에서 거주할 목적이라면 더욱 알아야 하는 게 미국 문화와 한국 문화의 다른 점입니다. 예를 들어 한방과 양의를 다 이해하고 적용할 수 있다면 한쪽만 알고 대응하는 것보다 더 유리한 치료 선택이 될 수 있는 것과 같습니다. 더군다나 한국 문화를 미국인들에게 적절히 잘 활용한다면 하고자 하는 일에 큰 도움이 될 수도 있습니다.

지금은 미국인들이 한국에 대해 많이 안다고는 하지만 실제로 물어보면 '삼성, 엘지, 현대자동차' 아니면 한국전쟁 정도이지 그보다 더 깊이 있게 안다고는 할 수 없습니다.

　더러는 한국의 발전상을 이야기하는 사람도 있기는 합니다만 한국 문화를 아는 미국인은 극히 일부에 불과합니다.

　글로벌 세상이 돼서 한국에서도 미국 문화를 많이 안다고는 하지만 그것도 미국인이 한국 문화를 안다고 하는 것과 비슷합니다.

　부족한 글이나마 한국과 미국 사이에 이질적인 문화를 이해하고 다리 역할을 하는 데 조금이나마 보탬이 되었으면 하는 바람에서 책으로 묶었습니다.

## | 목차 |

# 01

## I love you

오해하기 쉬운 손짓

한국에서는 상대방을 오라고 부를 때 손바닥은 아래로, 손등은 위로 향한 상태에서 위아래로 흔들어 줘야 내게로 오라는 수신호가 된다. 그러나 한국에서 오라고 하는 손짓이 미국인들에게는 반대로 가라는 손짓이다.

미국에서는 거꾸로 손바닥이 위로 향한 상태에서 손바닥을 접었다 폈다 해줘야 내게로 오라는 수신호가 된다.

그러나 미국인이 오라고 하는 수신호는 한국에서는 강아지를 부를 때 입을 약간 벌린 상태에서 혓바닥을 꼬고 "어여 어여 어여" 하

미국 문화의 충격적인 진실 35가지

면서 강아지를 오라고 할 때 사용하는 수신호이기도 하다.

한국인이라면 미국인이 팔을 내밀어 손바닥을 위로한 채 내게로 와 달라고 하는 제스처가 마치 나를 강아지 취급하는 느낌이 들기 쉽다. 자칫하면 기분이 상할 수도 있는데 이것은 문화의 차이일 뿐 전혀 비하하는 표현이 아니다.

그보다 더한 것은 주먹 쥔 손등이 아래로 향한 상태에서 두 번째 손가락 검지만 폈다 접었다 하면서 오라고 할 때는 정말 기분 나쁘다. 물론 점잖은 미국인은 그러지 않겠지만, 미국인이 다 점잖은 건 아니다.

우리와 마찬가지로 대부분의 미국인은 무의식중에 스스로 익숙한 행동을 보여 온다. 그렇다고 이런 행위가 나를 무시해서 그러는 게 아니라 서로 다른 문화에서 오는 차이임을 이해해야 한다.

우리는 최고라는 표현으로 엄지손가락을 치켜세우지만, 미국인은 검지 즉 두 번째 손가락을 치켜든다. 하지만 잘못해서 세 번째 손가락을 치켜세우면 이건 대단한 욕이 되니 조심해야 한다. 이는 마치 우리의 팔뚝질과 같은 의미이기 때문이다.

셈을 셀 때도 우리는 손바닥을 편 상태에서 하나 하고 엄지손가락을 접고, 둘 하고 검지를, 셋 하고 중지 순으로 접다가 다섯 하면 새끼손가락을 접음으로써 주먹이 된다. 그리고 여섯하고 새끼손가락을 펴면서 거꾸로 펴나가다가 마지막으로 엄지를 펴면 열이 된다.

그러나 미국인은 주먹을 쥔 상태에서 하나 하고 두 번째 검지를 펴고, 둘 하고 가운데 손가락 중지를 펴고, 셋 하고 약지를 펴고, 넷 하고 새끼손가락을 편다. 그리고 마지막으로 다섯 하고 엄지를 편다. 여섯부터는 펴온 순서대로 거꾸로 접어가면 열에 가서 다시 주먹이 된다. 우리와는 정면으로 반대되는 형국이다.

선후를 가릴 때 우리는 '가위 바위 보'로 정하지만 미국인은 동전의 앞뒷면 중에 한 면을 선택한 다음 공중으로 던졌다가 땅에 떨어진 면을 보고 선후를 가른다.

한 가지 더 말하자면 우리는 주먹을 불끈 쥐어 보이면 죽을 줄 알라는 표현이 되지만, 미국인에게 주먹을 쥐어 보이면 펀치 한 대 맞을 줄 알라는 표현이다.

앞에서의 사진처럼 엄지, 검지, 새끼손가락을 펴 보이면 사랑한다는 표현이 되고, 엄지와 새끼손가락만 펴 보이면서 두어 번 좌우로 돌리면 Relax(긴장을 풀라)란 의미가 된다.

동성애로 오해받기 쉬운 행동

한국에서 친구네 집에 놀러 가든지 아니면 멀리 지방 여행을 갔을 때 남자친구들은 남자들끼리, 여자 친구들은 여자들끼리 각각 다른 방에서 잔다. 때로는 같은 성의 친구들끼리 한 이불을 덮고 자기도 한다. 친구끼리 어깨동무도 하고 같이 손잡고 걸어가기도 한다.

그러나 미국에서 같은 성끼리 손을 잡는다거나 어깨동무를 한다면 이는 곧바로 동성애임을 의미하는 게 된다. 한국에서 미국에 온 지 얼마 안 되는 여학생들끼리는 서로 친하니까 무심결에 손을 잡고 갈 수도 있는데 이것은 곧 동성애자로 오해받기 딱 좋은 행위이다.

동성애가 흉이 되는 사회는 아니지만, 만일 그렇게 인식된다면 개인이 주최하는 파티에 초대받는데 영향이 있을 수도 있다. 더군다나 아무리 친한 친구일망정 한 이불을 덮고 잔다면 본인이 부인해도 소용없이 동성애자로 낙인찍히고 만다.


미국 문화에서 애인을 제외하고는 누구와도 간격을 두고 마주한다. 개인이 스스로 편안하다고 느끼는 자기 공간을 침범하는 행위는 실례가 된다.

미국인들은 늘 자기 공간을 지키려고 한다. 자기 공간이란 환경과 때에 따라 다르겠지만, 상대방이 내 몸에서 나는 냄새를 맡을 수 없는 간격이 자기 공간이라 말할 수 있다. 그래서 미국인들은 아침마다 샤워를 하고 몸에서 나는 냄새를 없애느라고 노력한다.

냄새에 민감한 미국인들을 상대할 때는 냄새가 나지 않도록 신경을 써야 한다. 우리는 김치를 먹고 양념이 많이 들어간 반찬을 먹기 때문에 음식 냄새가 옷에 배어 있다. 한국인들끼리는 의식하지 못하는 냄새다. 아침에 옷을 입기 전에 냄새 제거용 스프레이를 뿌리고 입으면 도움이 된다.


## 시비에 휘말릴 때 자칫하면 오해받을 수 있는 행위들

한국에서는 전혀 문제가 되지 않는 행동이 미국 문화권에서는 해석의 차이로 오해받을 수 있다.

한국에서, 아이들은 어른으로부터 꾸중을 들을 때 눈을 마주 보지 말고 약간 아래로 내리깔고 진지하게 들어야 한다고 가르친다. 빤히 쳐다보면 버릇없다고 한다.

그러나 미국에서는 꾸중을 들을 때도 빤히 쳐다봐야만 주목하고 있다는 뜻이 된다. 눈이 마주치는 걸 피하면 자신을 무시한다고 생각한다. 눈을 서로 마주 보고 이야기하지 않으면 상대방이 거짓말을 하고 있다고 오해한다.

한국에서는 싸우고 난 다음에 먼저 사과하는 사람을 가리켜 남자답다고 말한다. 사나이 중에 사나이 또는 통이 큰 사람이라고 칭찬한다. 지는 게 이기는 거라는 말도 있다.

그러나 미국에서는 먼저 사과하면 스스로 잘못을 인정하는 게 돼버린다. 잘못하지도 않았으면서 남자답게 미안하다고 말하면 남자답기는커녕 가해자가 되고 만다.

한국에서는 누가 먼저 때렸거나, 누가 많이 맞았거나 상관하지 않고 시비를 따져서 잘못을 가려낸다. 심지어 얻어맞았어도 따져보고 맞을 짓을 했구나 하고 결론 내리기도 한다.

그러나 미국에서는 누가 먼저 주먹을 날렸느냐에 따라서 잘잘못이 판가름 난다. 사건 전말이야 어찌 되었건 먼저 때린 사람이 무조건 잘못이다. 먼저 때린 사람이 폭행죄에 해당되고 배상을 해야 한다.

우리는 미국 프로야구경기 도중에 심판과 코치 사이에 시비가 붙어 다투는 모습을 종종 본다. 두 사람은 얼굴을 상대방 코 밑까지 들이대고 싸우지만, 누구도 주먹질을 먼저 하지 않는다. 심지어 흙을 발로 차서 흙이 상대방에게 튀게 할망정 주먹은 피한다.

아무리 억울해도, 아무리 험한 말을 해도 말은 말로 해결해야지 주먹을 사용했다가는 법의 대가는 물론이려니와 배상까지 해 줘야 한다.

말로 싸우다가 억울하면 고소사건으로 갈망정 폭력은 행하지 않는다. 미국에서 살면서 아무리 덩치 큰 사람과 싸우더라도 겁이 나지 않는 것은 상대가 먼저 치지는 않을 것이라는 확신이 밑바닥에 깔려 있기 때문이다.

"법보다 주먹이 가깝다"는 말은 미국에는 없는 말이다.

그렇다고 함부로 한국에서 하던 식으로 대들면서 "때려 봐, 때려 봐" 했다가는 정말 얻어맞을 수가 있다. 한국에서야 "때려 봐"라는 말이 진심이 아닌 건성이라는 걸 누구나 다 알고 있지만, 미국에서는 "때려 봐"를 정말로 해석한다.

우리가 흔히 쓰는 "잡히면 죽는 줄 알아"라는 말은 어디까지나 엄포용이지 정말 죽이겠다는 게 아니다. 그냥 해 보는 소리에 불과하다.

그러나 미국인은 "잡히면 죽는 줄 알아"라는 말을 들으면 정말로 받아들이고 위협을 느낀다. 자칫 경찰에 신고하면 기소될 여지가 있다.


## 미국인과 한국인의 서로 다른 악수 제스처

악수는 똑바로 서서 눈과 눈을 마주 보면서 한 손으로 상대방의 손을 마주 잡고 몇 번 흔드는 것이다. 웃으면서 악수함으로써 이제부터 터놓고 이야기해도 좋다는 묵시적 약속이 이루어진 셈이다. 그러나 한국에서는 미국 사람과 같은 악수도 있지만 반가울 때는 두 손으로 잡기도 하고 웃어른과 악수할 때도 두 손으로 잡고 머리도 숙여야 한다. 송구스러워하는 표정도 지어야 한다.

이것은 미국과 한국의 악수문화의 차이에서 오는 서로 다른 제스처일 뿐 어떤 의도가 있는 것은 아니다.

미국인이 나이 많은 어르신에게 뻣뻣이 서서 한 손으로 악수했다고 해서 기분 나빠할 이유도 없고 나이 많은 미국인이라고 해서 두 손으로 악수하면서 고개 숙일 이유도 없다.

심지어 대통령하고 악수할 때도 그냥 악수만 하면 된다. 악수는 서로의 인사에 불과한 것이어서 다른 의미를 둘 필요가 없다.


## 자유의 나라 미국

미국 문화 중에서 가장 두드러진 면은 격식의 자유에 있겠다. 미국인들은 격식에 매여 있기를 거부한다. 옷도 본인이 편한 대로 캐주얼하게 입고, 음식도 격식을 타파하다 보니 햄버거처럼 간편하게 먹을 수 있게 개발했다. 격식을 차리지 않고 손에 들고 아무데서나 먹기도 한다.

피자의 고향은 이탈리아다.

이탈리아에서는 피자 한 토막을 접시에 놓고 칼로 자르고 포크로 먹는다. 한 토막으로 충분한 건지 아니면 비싸서 더 못 먹는 건지 한 조각으로 끝내면서 품위를 지키려 한다.

그러나 미국에서는 피자를 손에 들고 먹는다. 그것도 여러 조각을 배부를 때까지 먹는다.

조금은 교양 없어 보이기도 하지만, 주변에 신경 쓰지 않고 자신의 자유를 만끽하는 행위이기도 하다.

조상이 이탈리아 출신인 뉴욕 시장 빌 디 브라시오가 피자를 포크로 먹다가 미국 기자들로부터 질타당하고 그 자리에서 곧바로 손으로 먹었던 사실이 사진과 함께 보도된 일도 있다.

우리는 항렬을 따라 혹은 근래에 와서는 발음하기 좋거나 듣기 좋은 이름으로 지어주면서 의미를 부여하지만, 미국인들의 이름은 같은 이름이 많다. 그것은 누구나 쉽게 부를 수 있는 익숙한 이름을 선호하기 때문이다.

미국인들이 가장 선호하는 남자이름 TOP 10을 보면 James, John, Robert, Michael, William, David, Richard, Charles, Joseph, Thomas 순이다.

가장 선호하는 여자 이름 TOP 10은 Mary, Patricia, Linda, Barbara, Elizabeth, Jennifer, Maria, Susan, Margaret, Dorothy 순이다.

한국에서는 이름 대신에 아저씨, 아주머니. 처형, 처남댁, 동서, 매부 처조카, 당숙 등 다양한 대처 명칭이 있지만, 미국에는 이런 명칭으로는 부르지 않는다. 오로지 지어준 이름(First Name)으로만 부른다.

그러다 보니 한 집안에 같은 이름이 여럿 있을 수도 있다. 한국에서는 김 씨 성이 가장 많은 것처럼 미국인들 성 중에 가장 흔한 성은 Smith이다.

Smith, Taylor, Carpenter, Miller 같은 성을 보면 그의 조상을 알 수 있다. 그러나 때로는 이해할 수 없는 엉뚱한 성도 있다.

Finger(손가락), Coffin(관), Sacks(양말), Roach(바퀴벌래), Savage(야만인) 이런 성들도 많다.

그 까닭은 세계 제2차대전 종전으로 전쟁에서 돌아온 군인들이 한꺼번에 출산하는 바람에 유아가 급증했다. 동시에 사생아도 급증했다. 뉴욕에 있는 유아원에는 사생아들이 넘쳐났고 몰려드는 유아들에게 이름과 성을 지어줘야 호적에 올릴 수 있어서 각기 다른 성을 부여하다 보니 이상한 성들이 생겨났다.

우리는 이름과 성을 합쳐서 석 자 아니면 넉 자이지만, 미국인들 중에는 알파벳이 긴 성도 많다. 그러므로 서류에 이름을 적어야 할 경우 'Print Your Name'이라고 쓰여 있음을 보게 된다. 알아볼 수 없게 필기체로 흘겨 쓰지 말고 또박또박 활자처럼 써달라는 요구임을 알아야 한다.

한국 같으면 이름 앞에 깍듯이 미스터나 미스를 붙여 불러 줘야 할 것 같은데 미국에서는 존칭을 붙여 부르면 오히려 부담스러워한다. 그냥 이름만 불러 달라고 부탁한다.

미국인들의 격식 타파는 평등사상에서 시작되었다. 구대륙과 같은 사회적 계급 없이 모두 평등하다는 걸 표출하는 수단이기도 하다. 부자나 가난한 사람이나 높은 직위에 있는 사람이나 노동자나 다 똑같은 햄버거를 먹고, 같은 차를 타고, 대등하게 이름을 부르자는 의미이다.

격식이 없다 보니 위아래가 없어서 노인과 젊은이가 서로 친구가 되기도 하고, 같이 일을 해도 나이는 의식 속에서 배제되었기 때문에 편하고 부담감이 없다.

심지어 이력서에나 인터뷰에서 나이를 쓰거나 묻는 것은 위법이다. 미국인들은 처음 만난 사람과도 허심탄회하게 대화를 나눈다. 시시콜콜한 이야기도 다 한다.

터놓고 이야기해도 껄끄러운 게 없는 까닭은 나이의 벽, 학벌의 벽, 인종의 벽, 직위의 벽 등 모든 벽을 허물어 버렸기에 가능하다.


개 짖는 소리가 우리 귀에는 "멍 멍"으로 들리기 때문에 "멍 멍"으로 표현하나 아니면 "멍 멍"이라고 표현했기 때문에 "멍 멍"으로 들리는가? 아무튼, "멍 멍"이라고 한다.

그러나 미국인들 귀에는 "멍 멍"으로 들리지 않는다. 미국인들은 개 짖는 소리를 성인들은 "워프 워프(woof)"라고 하지만, 어린이나 동화책에는 "바우와우, 바우와우(bow-wow)"라고 한다.

우리는 새나 매미가 운다고 표현하지만, 미국인들은 새나 매미가 노래한다고 표현한다.

우리 민족은 한(恨)의 문화여서 눈물에 익숙하다. 임권택 감독이 영화를 100편도 넘게 촬영했는데 처음 찍었던 50여 편은 예술적 가치가 없는 통속물들이다. 제작자들을 여관방에서 만나면 각본도 없이 영화 촬영을 해 달라면서 눈물이 펑펑 쏟아지게끔 찍어 달라고 신신당부했다고 한다. 눈물이 쏟아져야 관객이 들어온다.

지금도 이 패턴은 바뀌지 않고 있다.

여기서도 동서양의 문화 차이가 존재한다. 서양에서는 잔인하리만치 울지 않는다. 자식이 죽어도 통곡하며 우는 사람은 없다. 자식이 죽었는데 슬프지 않느냐고 물어보면 우리와 마찬가지로 슬프단다. 그러나 발버둥치며 통곡하는 건 가증스럽다고 말한다. 슬픔에도 격이 있다? 소리 없이 눈물을 손수건으로 찍어내는 정도다.

# 02

# 나를 슬프게 하는 사건

미국 캘리포니아에 있는 버클리 대학에서 텔레그라프 애브뉴를 타고 한참 내려오다 보면 오클랜드 시가 나온다.

오클랜드 3600 텔레그라프 애브뉴에 '단성사'라는 카페 술집이 있다. 이름만 들어도 그곳이 한국인을 상대로 하는 술집이라는 걸 단번에 알아차릴 수 있다. 게다가 작은 카페이니만치 돈 없는 학생들이나 들락거리는 술집이다.

오늘도 나는 그 술집 앞을 지나면서 슬펐던 사연을 떠올린다.

그러니까 벌써 몇 년이 지났다. 금요일 밤이 지나 토요일 새벽으로 가는 1시 30분으로 기록되어 있다.

이 지역은 우범지역이어서 밤에 드나드는 것은 위험한데도 불구하고 한국인들은 '괜찮아' 하는 안일한 생각으로 거리낌 없이 활보하고 다닌다.

술을 마시고 나오던 한인 1.5세 빈센트 최(당시 UC 버클리 정치학과 4학년) 학생이 차에 앉아 기다리고 있던 일당들로부터 총을 맞고 그 자리에서 숨지는 사건이 발생했다.

졸업을 한 달 앞둔 빈센트 최의 죽음은 많은 사람을 애통하게 했고 그 소식을 듣고 달려온 이들이 애도의 꽃과 촛불을 놓고 고인의 명복을 빌었던 사건이다.

사건은 술집에서 한인 학생 셋이 앉아 술을 마시다가 다른 테이블에 있던 젊은 백인, 흑인, 아시아인이 섞여 있는 그룹이 너무 시끄럽게 하니까 좀 조용히 해 달라는 말에 시비가 오고 갔으나 충돌까지는 없었다고 했다.

그런데 한인 학생들이 계산을 마치고 밖으로 나오자 차 속에서 기다리고 있던 일당들이 총격을 가하고 도망가 버렸다. 빈센트 최 학생은 그 자리에서 숨지고 친구 두 사람은 다리에 총상을 입었다.

나는 이 사건을 떠올릴 때마다 안타까움을 금할 길이 없다. 미국 문화를 이해하지 못한 데서 발생한 사건이기 때문이다. 한국인들은 문제가 생기면 직접 나서서 해결하려 든다. 한국 문화에는 이웃과 더불어 살아야 하고, 더불어 살려면 참견해야만 하는 풍습이 있다. 다시 말해서 도와주려면 내용을 알아야 하고 내용을 알려면 참견이나 간섭을 해야 가능하다.

그러나 미국 문화에서 간섭은 누구도 받아들일 수 없는 사생활 침범이 된다. 그날 밤 옆 테이블에서 시끄럽게 굴었다면 본인이 직접 나서서 해결하려 들기보다는 미국식으로 웨이터나 매니저를 불러 부탁했었다면 잘 해결될 일이었기 때문이다.

중계자를 사이에 내세우면 전하는 말을 여과시켜 주기 때문에 양쪽 다 기분 상할 일이 줄어든다. 그러나 한국인들처럼 본인이 직접 나서서 해결하려 들면 상대방에게 무례하게 보일 뿐만 아니라 기분도 상하게 할 수 있고 잘못하면 오해를 받아 시비로 발전할 수도 있다.

그날 밤에도 빈센트 최가 한국식으로 직접 나서서 제재하려다 보니 일당들의 감정을 사게 되었고 급기야 총격까지 가하게 만든 일이다.

참으로 안타깝기 그지없는 사건이었다. 빈센트 최 학생은 수년 간 밤에는 한인 식당에서 아르바이트하며 열심히 공부해 졸업을 불과 한 달 남겨놓고 허무한 죽임을 당했으니 얼마나 애석한 일인가. 그를 아는 많은 사람이 애통해할 수밖에 없었던 이유이다. 나 역시 그를 알고 기특한 학생이라고 눈여겨보아 오던 참이었다.

이제는 사람들의 기억 속에서 사라져버린 사건에 불과하다. 그러나 나는 그 술집 앞을 지날 때마다 빈센트 최 학생의 사건이 떠오르면서 서글픈 마음을 금할 길이 없다.

단순한 문화 차이가 엄청난 사건으로 번질 수 있구나 하는 생각이 들면서 사려 깊었던 학생이 그날 밤 왜 그 자리에 있었을까 하는 안타까움이 나를 속상하게 한다.

한국인의 "괜찮아, 설마, 별일 있겠어" 하는 '믿거라 문화'와 직접 나서서 해결하려는 '간섭문화'가 빚어낸 참상이다.

빈센트 최 학생이 살아 있었다면 지금쯤 한인들을 위해 얼마나 많은 일을 해내지 않았겠나 하는 생각을 하면 아깝고 아쉬울 뿐이다.

오늘도 단성사 앞을 지나면서 불운했던 빈센트 최 학생의 얼굴이 오버랩 되면서 마음이 우울해진다. 참으로 기억 속에서 지워지지 않는 애석한 일이다.

단순히 "Wrong place at the wrong time"이라고 하면서 넘기기에는 아쉬움이 남는 애처로운 사건이다.

# 03

# 우리를 헷갈리게 하는 것들

한국 여자들과 미국 여자들 사이에 미(美)의 기준이 서로 다른 분야 중의 하나가 피부색이다.

한국 여자들은 흰 피부색을 갈망하는 데 비해서 백인 여자들은 갈색 피부를 선호한다.

한국인들은 햇볕에 탄 얼굴을 싫어하지만, 백인들은 그을린 피부를 오히려 자랑스럽게 생각한다. 백인들이 갈색 피부를 좋아하는 데는 나름대로 이유가 있다.

실제로 백인들의 피부는 희다 못해 핏기가 없는 것처럼 보인다. 맨살로 있을 때 보면 마치 시체를 보는 것 같다. 그래서 햇볕에 약간 태워 놓으면 건강해 보이고 생동감 넘치는 사람처럼 보이기 때문이다. 한국인 동포들도 1세나 1.5세들은 한국에서 추구하는 미적 관점을 그대로 따라 하고 있다. 그러나 같은 한국인이라도 2세나 3세들은 백인들처럼 미의 관점이 변해 있다.

1.5세들은 부모한테서 들은 바가 있어서 쌍꺼풀 수술이라든가 코 높이는 수술 내지는 턱뼈 깎는 수술도 원한다.

그러나 2세만 해도 남의 시선에 개의치 않고 자연미를 더 강조한다.

미국 여자들은 코 높이는 수술 대신 오히려 코가 너무 커서 낮추는 수술을 하는 사람들이 꽤 있다. 유방도 확대보다는 축소하는 수술이 더 많다.

한국인 1세는 물론이지만 1.5세들도 외출 시에는 언제나 차려입지 않으면 안 되는 걸로 세뇌되어 있다. 타인의 시선을 의식하기 때문에 늘 신경이 쓰인다.

그러나 2세만 해도 타인의 시선에 개의치 않는다. 자기가 편안한 대로 입고 활보한다.

개방된 옷차림과 열려 있는 마음가짐으로 행동하니 신경 쓸 일도 없어서 속도 편하다.

좋게 말하면 의식에서까지 자유를 누린다고 할 수 있으나 나쁘게 말하면 눈치 없다고 볼 수도 있다.

미국에서는 남과 비교하지 말라는 교육을 어릴 때부터 배워서 나타나는 현상들이다.

나는 60이 넘어서야 겨우 주변 사람들의 시선에서 해방되었는데, 2세들은 어려서부터 이미 비교평가의 노예적 사고로부터 해방되어 있으니 나보다 앞서도 한참 앞서 있는 것 같다.

세계여행을 하다 보면 눈에 띄는 것 중에 그 민족이 좋아하는 색깔이 따로 있다는 것을 알 수 있다. 후진국으로 갈수록 원색을 가감 없이 그대로 쓰고 있다. 선진국으로 가면 색이 세련되어 있음을 볼 수 있다. 백인들은 주로 갈색 옷을 즐겨 입는다. 머리카락 색이 브라운 계열이어서 갈색이 어울리기 때문이다. 한국인은 여름에는 흰색 계열, 겨울에는 검은색을 선호한다. 겨울철에 지하철을 타 보면 대부분이 검은색 종류의 옷을 입고 있다. 머리가 검은색이어서 검은색 계열의 옷이 잘 어울리기 때문이다. 흰색과 검은색은 점잖고 모든 색을 받아들일 준비가 되어 있는 색이다.

일본 사람들은 연한 색 계열을 선호한다. 오리지널 물감에서 여러 번 물을 뺀 흐린 색이다.

일본 빌딩이라든가 승용차를 보면 회색이나 쥐색이 많다. 이들 색상이 세련된 색인 것은 맞다. 하지만 본인의 개성을 뚜렷하게 표현하지 않으려는 이중성이 엿보이는 색이다.

흑인들이 좋아하는 색깔은 검은색, 초록색, 보라색이다. 피부가 검다 보니 옷 색깔이라든가 자동차, 가구를 고를 때 자신의 피부와 어울리는 색을 고르기 마련이다.

흑인이 흰색 옷을 입으면 반사적으로 피부가 더욱 검게 보이기 때문에 피부색을 고려해서 선택한 색깔이 검은색, 초록색, 보라색 계열이다.

중국인들이 좋아하는 색은 부를 가져다준다는 붉은색, 녹색 그리고 부귀영화를 상징하는 황금색을 미치도록 좋아한다. 행운을 욕심내다 보니 진하게 원색 그대로 써야 하고, 그러다 보면 색깔이 좀 유치해 보이기도 한다.

중국인들이 붉은색을 얼마나 좋아하는지는 그들의 '오성홍기'만 봐도 알 수 있다. 국기뿐만이 아니라 홍위병들이 들고 다니던 붉은 깃발들, 선전 배너도 붉은색 일변도이다.

구정 때 보면 중국 아이들은 아래위 빨간색의 옷을 주로 입힌다. 복 받으라는 의미이다. 그렇다고 중국인들을 빨갱이라고 부르지는 않는다. 오히려 빨갱이는 북한 사람들을 가리키는 말이다.

내가 어렸을 때는 북한 사람들은 모두 빨갱이인 줄 알았다. 그리고 정말 빨간 사람인 줄로 착각했던 때도 있었다. 왜 북한 공산주의자들을 빨갱이라고 부르게 되었는지는 지금도 알 수 없다. Red China라는 말은 있어도 Red North Korea라는 말은 없는데도 말이다.

색의 표현에 대해서 알 수 없는 것은 그뿐만이 아니다. 말이 흑(黑)설탕이지 실제로는 갈색 설탕이다. 영어로는 brown sugar라고 되어 있는데 왜 검을 黑자 흑설탕이라고 부르는지 알 수 없다. 현미도 그렇다, 검을 玄, 쌀 米 자를 써서 검은 쌀이란 뜻이다. 역시 실제로 보면 갈색 쌀이다. 영어로도 brown rice이다.

왜 현미를 검은 쌀이라고 하는지 모를 일이다. 먼저 살다가 간 사람들이 그렇게 부르다가 갔으니 우리는 다만 따라서 부를 뿐이지만 한국어를 처음 배우는 외국인들은 의문투성이에 헷갈릴 뿐이다.

반면에 나를 헷갈리게 하는 것은 따로 있다. 미국에서 살다 보면 인구조사를 할 때라든지 신상명세서를 써야 하는 경우에 피부색 (the color of skin)을 적으라는 칸이 있다. 머리 색깔과 눈동자 색도 적어야 한다. 예전에는 직접 적으라고 했는데 요즈음은 선택하라고 한다. 한국에서는 없는 요구사항이다.

그럴 때마다 나는 당황한다. 우리는 한국인을 황(黃)인종이라고 표현한다. 황색을 영어로 쓰면 yellow다. 세상에 노란 사람이 어디 있는가? 나는 나의 피부색이 노랑이라는 데 동의하지 않는다.

최초로 인간의 피부색을 영어로 표현하기 시작한 것은 물론 영어를 쓰는 영국인이었다. 자신들을 white(백인)라고 치부하고, 백인이 아니면 모두 color people(유색인)로 표현한 것이다.

영어로 white people, black people, red people까지는 표현을 했으나 yellow people이라고 하지는 않았다. 우리가 스스로 황색인이라고 하니까 영어로 번역해서 yellow people이 된 것이다. beige라고도 하지만 한국인에게 베이지색은 너무 짙다.

여기서도 우리의 표현이 잘못되었다는 것을 알 수 있다. 마치 흑설탕이나 현미처럼 말이다.

'누를 黃' 자는 '누른빛'이란 뜻이다. '누른빛'의 뜻을 국어사전에서 "황금이나 놋쇠의 빛깔과 같이 다소 밝고 탁한 빛"이라고 쓰여 있다. 나의 피부색이 과연 황금이나 놋쇠보다 조금 탁할까? 이것도 동의할 수 없다. 연황색(軟黃色) 즉 '연누른색' 정도면 수긍이 가지만 말이다.

문제에 직면할 때마다 나는 미국인들에게 물어봤다. 나와 같은 아시아인의 피부색을 무엇이라고 써야 하는가? 백인 친구에게 물었더니 dark라고 쓰면 좋을 것 같다고 한다. 흰색은 아니니 어두운 색이라고 쓰면 좋을 것 같다는 말이다.

그러나 나의 피부가 어둡다고 생각하지 않는다. 흑인 친구에게 물었더니 light skin이라고 쓰란다. 흰색은 아니고 그렇다고 어두운 색도 아니니 밝은 색이라고 쓰면 좋겠다고 한다. 하지만 둘 다 마음에 안 든다.

어느 누구에게서도 내가 수긍할 수 있는 정답은 받아보지 못했다. 그러나 yellow가 아닌 것만은 분명하다고들 말한다.

미국에서 살면서 스스로 터득한 나의 피부색은 연황색(pale beige)이 맞다. 검은 머리(black)에 짙은 갈색 눈동자(dark brown)로 적는다.

여기서도 먼저 살다가 간 사람들이 스스로 황색인이라고 부르다가 갔으니 우리는 다만 따라서 부를 뿐이지만 그래도 나는 황(yellow)색인이 아닌데 황색인이라고 하라니 정말 헷갈린다.

# 04

# 미국 문화 이해하기

## 선물을 가볍게 생각하는 미국인들

선물처럼 기분 좋은 건 세상에 없다. 주는 사람도 기분 좋고 받는 사람도 기분 좋은 것이 선물이다. 선물은 우리 일상생활 속에서 늘 따라다니는 물건이다. 아이에게 선물을 주면 아이는 좋아서 껑충껑충 뛰면서 선물 받는 기쁨을 나타내 보인다.

어른에게 선물을 드리면 "뭐 이런 거까지" 하면서 시큰둥하는 표정을 짓지만, 속으로는 기뻐하는 게 아이와 같다.

선물은 누구에게나 주고받을 수 있는 사랑의 표현 방식 중의 하나다. 선물을 처음 주겠다고 마음먹는 순간부터 기분이 좋아지기 시작하면서 무슨 선물을 줄까 고민하게 된다.

우리는 이런 고민을 행복한 고민이라고 말한다. 선물이 결정될 때까지 상대방을 떠올리고 생각하면서 상대방의 마음과 기분을 가늠해 보게 된다.

선물이 그분에게 어울릴까? 선물을 받고 마음에 들어 할까? 이미 가지고 있는 걸 또 주는 건 아닐까? 여러 가지 고민을 하는 것은 그분을 그만큼 생각하고 있기 때문이다.

지금은 한국도 선물이 많이 활성화되어 있지만, 그래도 미국만큼 생활화되어 있지는 않다.

미국에서의 선물개념은 한국과는 조금 다르다.

미국에서 선물은 작은 것으로 자주 주고받는 개념이다. 한국에서처럼 생색내는 선물은 없다. 선물을 주되 주는 사람이나 받는 사람이 서로 부담이 없어야 한다. 선물은 받았으되 갚지 않아도 되는 그런 선물이 가장 좋은 선물이다.

나는 미국에서 살면서 생일이다, 아버지날이다 해서 자식들로부터 여러 번 선물을 받았으나 한 번도 값비싼 선물은 받아보지 못했다. 만보기라든가, 손전등, 티셔츠 아니면 간단한 운동기구 정도다. 설혹 마음에 덜 드는 선물일망정 받으면 좋은 게 선물이다. 이미 소유하고 있는 물건을 또 받았다면 다른 이에게 주면 그도 좋아한다.

전에 막내딸이 사립 초등학교 1학년 선생을 할 때의 일이다. 크리스마스가 되면 어린 학생들로부터 선물을 받아 오는데 아이들이 손수 색칠한 카드에 선물을 곱게 싸서 준 걸 보면 그 마음이 아름답고 기특해 보인다.

그런데 한번은 한국 아이 엄마가 금목걸이를 선물로 보내왔다.

당황한 딸은 금목걸이를 꺼내 들고 부들부들 떨고 있었다.

다음날 교장 선생님에게 보고하고 돌려드린 일이 있다. 한국인들에게는 이 정도는 돼야 선물이라고 생각한다. 그러나 금목걸이 정도면 선물의 범위를 벗어나서 뇌물의 성격을 띠게 된다.

한국에서는 비싸고 귀한 물건을 좋은 선물로 쳐준다. 그러나 미국에서는 저렴하지만, 실용적인 물건을 좋은 선물로 여긴다. 이것은 받는 사람으로 하여금 부담감을 갖지 않게 하려는 배려에서다.

미국인들은 '고맙다', '미안하다'는 말을 입에 달고 산다. 길을 가다가 소매만 스쳐도 "실례했습니다", 사람들 사이를 뚫고 지나가려 해도 "실례합니다, 실례합니다"는 자동으로 입에서 튀어나오는 말이다.

어느 건물이나 들어가다가 뒤에서 사람이 따라오고 있으면 문을 잡아주는 게 미국인들의 예의다. 따라 들어오던 사람은 문을 잡아준 사람에게 반드시 "고맙다"고 해야만 한다.

자리를 양보해 준다든지 잃어버린 물건을 찾아줘서 고맙다고 하는 거야 당연하지만 시시콜콜한 일에도 고맙다는 말을 반복적으로 해야 하는 게 미국 문화다.

컵에 물을 따라 줘도 "땡큐", 옷에 뭐 묻었다고 가르쳐 줘도 "땡큐", 전화를 받을 때도 "땡큐"라는 말을 수없이 해 댄다. 아무리 작은 도움이라도 오고 가면 꼭 고맙다는 인사를 해야만 하는 게 미국 문화다. 미국인들도 남 흉보는 데는 일가견이 있어서 인사를 게

을리했다가는 입초시에 오르내리게 된다.

한국인은 "고맙다", "미안하다"는 말에 인색하다. 문을 잡아주는 사람도 드물지만 잡아 줘도 고맙다고 말하는 사람은 찾아보기 어렵다.

서로 부딪쳐도 미안하다는 말은 들어볼 수 없다. 그렇다고 고마운 마음이 전혀 없는 것은 아니다. 다만 표현이 인색할 뿐이다.

뭐 이 정도 가지고 쩨쩨하게 일일이 고맙다고 해야만 하나, 이심전심으로 다 아는 거지 하면서 스스로 위로한다. 그러나 잠깐 스쳐지나가는 사람들 사이에 말로 표현하지 않으면 마음속을 알 길이 없다.

"실례합니다", "감사합니다" 하는 표현을 몸에 익히면 생활이 좀 더 부드러워지고, 윤택해진다.


## 약속을 중요시하는 미국 문화

지금은 한국도 시간개념이 철저해서 시간을 잘 지키는 수준에 도달해 있다. 하지만 예약을 취소하는 경우에 아직도 선진국 수준에는 못 미친다.

미국 문화의 특이한 점 중의 하나는 자기 시간을 중요시한다는 점이다. 미국인들은 시간 허비를 매우 싫어한다. 그래서 하루를 여러 조각으로 쪼개서 쓰기 때문에 자유시간이 거의 없다.

한국인들도 시간을 잘 지키는 데까지는 이르렀으나 예약을 지키는 데는 아직 모자라는 수준이다. 예약은 1~2주 전 혹은 한 달 전에 미리 약속하는 것인데 그 사이에 어떤 일이 벌어질지 알지 못하는 관계로 약속을 지키기가 어렵다.

미리 스케줄을 훑어보고 예약을 했더라도 한국 사회는 불확실한 요인이 많아서 엉뚱한 일이 벌어질 수도 있고, 아니면 예약했던 사무보다 더 중요한 일이 생겼을 때 덜 중요한 예약을 취소하는데 이것은 예약을 가볍게 생각하는 데서 발생하는 일이다.

심지어 비행기 예약을 탑승시간이 임박해서야 취소하는 예도 적지 않다. 그뿐만 아니라 통계를 보면 여객기 탑승 후 다시 내리겠다고 하거나 이륙하기 직전에 내리겠다고 요구하는 승객도 매년 늘어나고 있다. 이는 아직도 한국인에게 예약문화가 정착되지 못했음을 보여주는 예이다.

미국인들에게 예약취소는 큰 결례다. 미국인들은 예약을 취소당하면 괴로워한다. 심지어 자신을 공격하는 거라고까지 비약해서 생각한다. 자신의 귀중한 시간을 빼앗겼기 때문이다. 시간이 돈인 세상에서 돈을 빼앗겼다 생각해 보라.

한국인들은 약속을 못 지켜 미안하다고 하면 다 된 것으로 간주한다. 그러면서 사과를 받아들이지 못하는 미국인을 가리켜 '옹졸하다느니', '융통성이 없다느니', '답답하다느니' 하면서 비웃는다.

한국인들이 약속을 이랬다 저랬다 해 가면서 일을 빨리 잘 처리해서 성과를 올렸는지는 모르겠으나 얻은 게 있으면 잃는 것도 있기 마련이다.

한 번 약속을 취소했던 사람은 다음번 약속에서는 믿음이 반으로 삭감된다는 사실을 알아야 한다.


## 미국인은 인사가 헤프다

일본 여자가 애교 많고 잘 웃는다고 알고 있지만 실은 미국 여자가 더 잘 웃는다. 눈웃음을 치면서 친절하게 이야기하기 때문에 혹시 나를 좋아하는 건 아닌지 착각할 때도 있다.

길을 가다가 모르는 사람과 마주쳐도 웃으면서 '하이' 하고, 열 번 마주쳐도 열 번 다 웃으면서 인사한다. 엘리베이터 같은 공간에서 마주치면 당연히 웃으면서 인사는 물론이려니와 날씨가 어떻다는 둥 건성의 말 몇 마디 주고받는 게 예의이다.

잠깐 동안 몇 마디 오간 사이이지만 헤어질 때는 깍듯이 인사한다. "즐거운 하루 보내세요.", "좋은 시간 가져요.", "잘 가요." 등등 간단한 인사를 주고받는다. 기분 좋은 마무리이다.

미국 여자들이 웃으면서 대하는 건 상대방 기분 좋으라고 하는 배려이지 결코 자신이 좋아서 웃는 것이 아님을 명심해야 한다. 미국 여자들이 살살 웃으면서 친절하지만, 그 이면에는 칼날 같은 냉정함도 숨어 있다. 겉 다르고 속 다르다.

반면에 한국 여자들은 무뚝뚝하고 모르는 사람과 인사하는 걸 꺼린다. 엘리베이터 같은 좁은 공간에서 인사도 없이 마주 보고 서 있으려면 짧은 시간이지만 어색하기 짝이 없어 시선을 어디에다 두어야 할지 난감하다.

어쩌다가 대화가 시작돼도 웃음을 잃은 사무적인 대화여서 끝이 개운치 않다. 한국에서는 여자가 웃음 지으며 인사하고 대화를 받아 주었다가는 남자들로부터 오해받기 십상이다.

한국 여자들의 표정 자체가 웃는 인상도 아니고 말 걸기도 어렵지만, 그래도 사귀어 놓고 나면 정이 오래 간다.

한국에서는 집안에서 부모가 아이들 방문을 여는데 구태여 노크까지 하면서 문을 열지는 않는다. 근래에 와서 노크하는 부모도 생겨나지만, 식구끼리 노크까지 하기에는 조금 어색한 기분이 든다.

옛날 어른들은 인기척을 내서 암시를 주기도 했다지만 이것은 어디까지나 한가하던 시절 이야기이고 지금처럼 명확한 신호를 원하는 시대에는 어울리지 않는다.

그러나 미국에서는 아이의 방문을 열어보려고 해도 노크를 해서 허락을 받아야 한다.

한번은 아들이 대학을 졸업하고 처음 직장을 잡았을 때 어디서 기거할 것인가를 놓고 이야기했던 일이 있다. 집에서 직장이 멀지 않으니 집에서 출퇴근하는 게 어떠냐고 물어보았다. 아들의 대답은 간단했다.

"이 집은 아빠의 집이잖아요."

이 한마디에 나는 한 대 얻어맞은 기분이었다. 나는 한 번도 이 집이 내 집이라고 생각해 본 일이 없다. 어디까지나 우리들의 집으로 알고 있었는데 아들은 다르게 생각하고 있다는 사실을 처음 깨달았다.

법적으로는 내 집이 맞다. 냉혹하게 판단하면 아들의 말이 맞는데도 한국 문화에 길들어 있는 나로서는 어딘가 섭섭한 마음이 오래도록 지워지지 않았다.

한국에서는 '나' 대신에 '우리'라는 말을 많이 사용하는 데 비해서 미국에서는 '우리'보다는 '나'라는 말을 주로 사용한다.

미국인들은 한국인의 과묵한 문화를 이해하지 못하고 오히려 싫어한다. 반면 한국에서는 과묵을 미덕으로 치부한다. 과묵한 사람을 믿음직한 사람으로 알아주는 문화다.

그러나 미국에서는 과묵은 상대방을 무시하는 행위로 간주하는 경우가 있다. 미국인들은 침묵을 높이 평가하면서도 과묵은 이해하지 못한다. 침묵과 과묵은 다르다.

침묵(silence)은 알고 있으면서도 말하지 않고 잠잠히 있는 것이고, 과묵(taciturnity)은 말이 적고 침착한 것이다. 과묵은 그가 알고 있는지 모르고 있는지 구분이 안 되는 상태다.

과묵을 이해하지 못하는 미국인들은 느낌을 말해 달라, 생각을 말해 달라고 요구한다. 다시 말하면 직접 말을 해야 무엇을 원하는지 알 것이 아니냐는 거다.

우리처럼 알아서 해 준다는 건 기대할 수 없다.

한국말 중에 '오지랖이 넓다'는 말이 있다. 오지랖이 넓어지려면 그만큼 참견하는 범위도 넓어야 가능하다.

한국은 참견하면서 서로 도와주는 문화다. 도와주려면 사정을 알아야 하고 알려면 참견이나 간섭을 해야 한다. 서로 도와주면서 살아가는 게 당연한 것으로 되어 있는 사회에서 참견과 간섭 역시 당연하다.

한국인들끼리 살다 보면 자신들이 참견하면서 간섭하기 좋아하는 국민이라는 사실을 모르고 산다. 모르고 산다기보다는 간섭이나 참견이 곧 도와주려는 것으로 되어 있다.

간섭한다는 게 나쁜 의미이기도 하지만 좋은 의미도 될 수 있다.

가장 심한 간섭은 집안 식구들 사이에서 일어난다. 일정한 선을 그어놓고 간섭하면 좋으련만 시시콜콜한 것까지 참견하면 결국 싸움으로 이어지기도 한다.

누구나 다 아는 고부갈등은 제쳐놓고 부모와 자식 간의 간섭도 문제가 된다.

한국인은 서로 모르는 사이인데도 한국인이라는 이유 하나만으로 참견하고 도와준다. 도와주는 것이 하나의 미덕이다.

그러나 미국인들은 요청하기 전에 스스로 도와주는 일은 없다. 알아서 가르쳐 주든가 도와주면 좋으련만 그러지 않고 바라보고만 있다. 요청하면 그때는 잘 도와준다. 왜 알아서 도와주면 안 되느냐고 물어보면 사생활에 간섭하지 않으려고 그렇다고 한다.

한국인으로서는 도와달라고 말하기에는 조금 자존심이 상한다는 기분이 든다. 그러나 미국인들은 도와달라는 것과 자존심은 전혀 상관없는 것으로 생각한다.

선진국에서는 사생활을 중요시한다. 일본만 해도 그렇다.

재일교포 축구선수 정대철이 술을 마시고 대리운전 기사를 불러 타고 가는데 운전기사가 정 선수를 알아보고 술 마시지 말고 운동 열심히 하라고 충고하더라고 했다.

일본에서 자란 정 선수는 일본에서는 있을 수 없는 간섭이 한국에서는 자연스럽게 벌어지더라고 했다. 그러면서 나를 한국인 취급하는 것 같아서 듣기 좋았다고도 했다.

간섭한다는 것은 좋게 해석하면 염려스러워 도와주는 것이고 나쁘게 생각하면 남의 일에 참견하는 게 된다.

미국은 총기를 자유로이 소지할 수 있는 사회여서 총기에 의한 사망사고가 빈번하게 발생한다. 미국은 바이블과 총기로 건립된 나라다.

지금에 와서 총기 소지를 금지한다는 것은 불가능에 가깝다. 이런저런 일로 총에 맞아 죽는 사건이 자주 발생하는데 한국 여자들은 온순하고 말을 잘 듣는 편이어서 별 문제 없이 적응한다.

그러나 한국 남자들은 쓸데없는 객기를 부리다가 총에 맞아 죽는 사건이 많이 발생한다. 한인이 총에 맞아 죽은 사건마다 주의 깊게 살펴보면 밑바닥에는 문화와 관습의 차이에서 오는 경우들이다.

미국 경찰들은 총알이 장착된 무기를 지니고 다닌다. 경찰이 제지하면 즉시 경찰의 지시에 따라야 한다. 현장에서는 제복을 입은 경찰이 법이다.

경찰이 손들 것을 명령했는데도 자존심이 있어서 손을 들기는 들되 우물쭈물 천천히 들어 올리려 든다면 그 알량한 자존심 때문에 목숨을 잃고 만다.

미국 경찰들은 두 번 세 번 같은 명령을 반복하지 않는다. 단 한 번의 명령에 주저 없이 복종해야 한다. 나중에 얼마든지 잘잘못을 가릴 수 있으니 당장은 복종해야 한다.

미국 경찰은 봐주는 게 없다. 아무리 사정하고 애걸해도 소용없는 일이다. 처음부터 순순히 지시에 따르는 것이 미국이다. 한국 경찰은 여러 가지 사정을 감안해서 일처리를 한다. 술에 취해 횡설수설대는 사람은 그런대로, 직위가 높은 사람은 그런대로 넘어간다.

한국은 역사가 깊은 나라여서 옛날부터 내려오는 관습이 있다. 관습은 법보다 앞선다.

그러나 미국은 신대륙이어서 여러 나라에서 모여든 사람들의 관습이 각기 다르다. 결국 관습을 배제하고 법을 집행하려면 강력해질 수밖에 없다. 한국인으로서 관습 없는 법을 따르려면 철두철미해야만 하는 이유이다.

비행기로 한국을 자주 다니다 보면 가끔 다른 좌석의 한국인 승객이 내게 다가와 아는 사람들끼리 동석하고 싶으니 자리를 바꿔줄 수 없느냐고 물어오는 경우가 있다.

"싫다"라고 대답하면 인정머리 없는 사람 취급을 받을 것이고 바꿔 주기에는 내 좌석 위치가 아깝다는 생각 때문에 난처했던 경험이 있다. 한국인들은 승객 자신이 직접 나서서 문제를 해결하려고 한다.

일이 성사되면 다행이지만 그렇지 않을 경우에 요구를 거절한 당사자는 부탁했던 사람과 마주칠 때마다 미안한 마음이 들게 된다. 결국, 즐거워야 할 여행에 흠집이 생기고 만다.

똑같은 경우에 미국인들은 승객이 승객에게 직접 부탁하지 않고 스튜어디스에게 문의한다.

한번은 스튜어디스가 내게 다가와 좌석을 바꿔줄 수 없겠느냐고 묻기에 마침, 내 좌석의 위치도 별로 마음에 드는 자리도 아니어서 그렇게 해 주었다.

잠시 뒤에 스튜어디스는 고맙다면서 와인 한 병을 선물로 가져왔다. 중계자는 가운데서 전하는 말을 여과시켜 주기 때문에 양쪽

다 기분 상할 일이 발생하지 않는다.

설혹 내가 거절했다손 치더라도 누가 부탁했었는지 나는 알지 못하니까 누구에게도 미안해할 이유가 없다.

한국인들의 직접 나서서 해결하려는 관습은 상대방에게 무례하게 보일 뿐만 아니라 기분 상하게 할 수도 있고, 잘못하다가는 시비로 번질 수도 있다.

LA 한인 타운은 우범지역에 자리잡고 있다. 오클랜드에서 한인 타운으로 지정하자는 지역 역시 우범지역이다. 우범지역에 자리 잡게 된 이유는 마치 돈 없는 시골 청년이 서울에 올라와서 살아남으려면 사글세가 싼 지역에서부터 시작해야 하는 것과 같은 이치다.

또 다른 이유는 한국인들의 '괜찮아' 문화를 꼽을 수 있다. 밤늦게까지 우범지역인 줄 알면서도 드나드는 까닭은 한국인들의 '설마', '별일 있겠어?', '괜찮아' 하는 문화가 몸에 배어 있기 때문이다. 설마가 사람 잡는다는 말이 있듯이 우범지역에서는 사건 발생확률이 높다. 그리고 한 번 발생하면 치명적일 수 있다.

한국 남자들은 모르면서도 묻지 않는다. 물어보면 마치 자존심이 상하는 기분이 든다. 그러면서 누가 물어 와도 무뚝뚝하게 아니면 퉁명스럽게 대답해 준다. 같은 질문을 두 번, 세 번, 네 번 물어보면 버럭 화를 내든가 아니면 외면한다.

반면에 미국인들은 잘 물어본다. 물어보기도 잘하지만 가르쳐 주기도 잘한다. 미국인에게 열 번 물어보면 열 번 다 화내지 않고 자세히 가르쳐 준다.

현대사회는 여러 인종이 섞여 살면서 서로 모르는 사람들끼리 도 허심탄회하게 이야기하는 글로벌 세상이다. 미국인들은 열린 마음으로 무엇이든지 묻고 대답하면서 이야기한다. 처음 만난 사람하고도 웃으면서 이야기한다. 결혼했느냐? 아이는 몇이냐, 이혼 했느냐, 왜 이혼했느냐, 뭐든지 묻고 대답한다. 그래서 이야깃거리가 많다.

하지만 물어서는 안 되는 금기가 있는데 '나이'와 '학벌'을 물어보면 큰 실례가 된다.

나이 차이 없이, 학벌 차별 없이 이야기하게 되면 젊은이와 노인이 자유롭게 이야기할 수 있고, 노동자와 교수가 터놓고 이야기할 수 있는 세상이 된다. 나이와 지식을 극복하면 쉽게 대화가 이뤄진다.

그러나 처음 만난 한국인들은 대화의 물꼬를 트기가 매우 어렵다. 나이 차이를 생각해야 하고, 남녀 간의 대화는 쉽지 않고, 누가 먼저 말을 거느냐에 신경을 써야 하고, 더군다나 웃으면서 말을 걸었다가는 실없는 사람 취급을 받을 수도 있다.

설혹 대화의 물꼬를 텄다 해도 겉도는 이야기만 하고 만다. 초면에 요것조것 물어보는 것도 실례가 될 뿐 아니라 하물며 이혼했느냐 왜 이혼했느냐고 물었다가는 따귀 맞을지도 모른다.

# 05

## 금방 돌아올 건데

미국에서 마음에 드는 보모(베이비시터)를 구한다는 건 매우 어려운 일이다.

직장에 나갈 때는 데이케어에 맡기면 되지만 개인적인 사무를 보러 간다거나 저녁에 파티에 참석해야 한다거나 밤늦게 돌아와야 할 일이 있을 때 베이비시터는 필수다.

믿을 만한 사람을 구하기도 어렵지만, 임금도 만만치 않다. 가까운 친지가 있어서 맡길 수 있다면 더할 나위 없겠지만, 미국에서 살다 보면 서로 멀리 떨어져서 살기 때문에 아이를 맡기기가 좀 그렇다.

주로 이웃에 사는 할머니라든가 아니면 학생을 알아 두었다가 급할 때 맡기곤 한다.

12살 전까지는 아이 옆에 사리를 판단할 줄 아는 사람이 있어야 하는 게 법이다.

교포사회에서 누구나 다 아이를 기르다 보니 이런저런 이야기들이 있기 마련이다.

다섯 여섯 살 먹은 두 아이를 둔 한국인 엄마가 베이비시터가 필요할 때는 앞집 미국인 할머니에게 맡기곤 했었다.

그 날은 아이들이 TV 만화를 열심히 보고 있어서 데리고 가기도 뭐하고, 잠깐 다녀올 건데 해서 아이들에게 밖에 나가지 말고 조용히 TV만 보고 있으라고 당부하고 나왔다.

그런데 할 일 없는 앞집 할머니가 창밖으로 지켜보고 있다가 아이들만 놔둔 사실을 알고는 경찰에 신고하는 바람에 곤욕을 치렀다고 했다.

사건이 경찰서로 넘겨지고, 아동보호서비스(Child Protective Service)에서 어린이 스페셜리스트가 집에 와서 수사를 하고, 법정에 출두해서 벌금형을 받았다.

초범이기에 망정이지 하마터면 아이들을 빼앗길 뻔했다고 가슴을 쓸어내리고 있었다.

앞집 할머니도 그렇지 아이를 보호한다는 명목으로 경찰을 불렀겠지만, 한편으로는 늘 자기에게 아이들을 맡기다가 이번에는 그냥 지나치는 게 괘씸해서 그랬다고 아이 엄마는 오해하고 있었다.

한국에서야 큰애가 동생들을 봐줘야 하는 게 일상이어서 아이들끼리 집에 있어도 별 문제가 되지 않지만, 미국에서는 잘못하다가는 범죄자가 될 수도 있다.

한국인 정서상 아이들끼리 지지고 볶고 하면서 노는 건 당연한 일이고, 그러면서 어른들 안 보는 데서 자기들끼리 노는 걸 더 좋아하니까 놔두고 잠깐 나갈 수도 있는 일이다.

그러나 미국에서는 아이들 방치죄로 구속되어 실형을 살 수도 있다.

미국에서 살려면 미국 법을 따라야 하겠기에 아이는 베이비시터에게 맡기고 대가를 지급해야 한다.

잠시 맡기는 'Baby sitter', 직장에 나가기 위해 맡기는 'Day care', 집에 와서 아이를 도맡아 길러주는 'Nannies' 등이 있는데 임금은 캘리포니아 기준, 시간당 10달러에서 25달러 정도다.

교포사회에서 주로 할머니들이 손주를 봐 주는 경우가 많은데 이때도 자식은 부모에게 반드시 임금을 지급해 줘야 한다.

거저 봐주기 시작하면 시도 때도 없이 아이를 데리고 오는가 하면 자기들 연후 즐기려고 아이를 맡기는 횟수가 점점 늘어나 거절할 수도 없고 할머니 입장에서 매우 난처해진다.

할머니도 스케줄이 있기 마련인데 늙어서까지 자식들 때문에 희생당할 수는 없는 노릇이다.

베이비시터 값을 정확히 계산해서 받으면 자식들도 스스로 자제하게 되고 할머니는 할머니대로 스케줄을 조종할 수 있게 된다.


한국에서 온 지 얼마 안 되는 젊은 엄마들이 아이가 차 안에서 잠든 사이에 잠깐 쇼핑하고 나오려고 아이를 차 안에 홀로 놔둔 채로 갔다가는 문제가 크게 발생한다.

미국인들은 이런 사실을 보면 반드시 신고해야만 한다. 보고도 못 본 척했다가는 그도 걸린다.

누군가 경찰에 신고하게 되어 있고 경찰은 아이 엄마를 아동방치죄로 구속하게 되어 있다.

아동방치법이란 보호자가 과실이나 무관심 속에 아동의 건강이나 생명을 위태롭게 할 경우 구속되는 법이다.

아동방치 혐의로는 아동을 홀로 차에 둘 경우, 성폭행 전과가 있는 사람을 베이비시터로 고용할 경우, 아동에게 아동의 관리를 맡길 경우, 아동학대 사실을 은폐할 경우, 아동을 차에 태우고 음주운전을 할 경우다.

이런 경우들을 한국에서는 무심코 지나칠 수 있지만, 미국에서는 철저히 관리하고 있다. 철저히 관리해도 일 년에 수천 건수가 발생한다.

한국은 아동보호나 방치에 대해서 이제 관심을 기울이는 상태여서 아직 교육이 부족하다. 한국인으로서 선진국을 방문할 때에는 반드시 그 나라 법을 알아보고 특히 아동보호에 신경을 써야 화를 피할 수 있다.

아동뿐만이 아니라 애완동물을 차에 내버려두는 것도 위법이다. 애완동물을 차에 놔두고 창문을 조금 열어놓았다 하더라도 동물은 털이 있어서 체온이 급격히 올라간다. 애완동물 방치 금지법에 걸리면 최고 2만 달러의 벌금 또는 최대 6개월의 징역형에 처할 수도 있다.

# 06

# 미국에서는 결혼 상대를 어떻게 만나나?

인생은 만남에서부터 시작한다.

갓 태어난 아기가 엄마를 만나는 경이로운 만남도 있고, 결혼 상대를 만나는 행복한 만남도 있다. 만남의 형태는 가늠할 수 없으리만치 많다. 학교에서 만난 사람, 모임에서, 직장에서, 업무 중에, 이웃에서, 이루 다 열거할 수 없을 정도이다.

평생 만나야 할 사람, 수년 동안만 만나고 말 사람, 잠시 만났다 헤어질 사람, 만나는 기간도 다를 뿐 아니라 만나는 횟수도 달라서 매일 만나야 할 사람, 일 년에 한 번 만나는 사람 그리고 이로운 만남, 해로운 만남, 만나지 말아야 할 만남, 만남은 다양하고 변수도 많다.

만남 그다음에 이루어지는 일은 미리 알 수가 없다. 인간의 마음은 오묘해서 어떤 선택을 해야 할지 알 수 없는데 하물며 두 사람의 마음이 각기 다르게 존재하는데 어찌 한 치 앞을 짐작할 수 있겠는가?

결혼 상대자를 만나는 길은 한국이나 미국이나 대동소이하다. 가장 자연스럽고 흔한 게 학교에서의 만남이다. 대학에 다닐 때쯤이면 집을 떠나 혼자 사는 형국에서 이성을 그리는 나이여서 당연히 관심이 많아진다.

그다음이 직장에서, 모임이나 파티에서 그리고 소개가 되겠다. 한국에서는 한 가지 더 '맞선'이라는 형식이 있는데 미국에는 '맞선'은 없다. 맞선 대신 소개팅(Blind date)은 있다.

맞선은 결혼을 전제조건으로 만나는 것이지만 소개팅은 그냥 만나는 것이어서 부담감이 없다는 장점이 있으나 결혼으로 이어지기는 어렵다.

결혼 적령기 한인들, 1.5세나 2세들은 미국식 결혼관을 가지고 있어서 먼저 만나고 사귀다가 마음에 들면 결혼하는 것으로 되어 있다. 서로 사귀지만 결혼할 마음이 안 드는 상대도 있기 때문이다.

하물며 맞선을 보고 결혼하는 것은 리스크가 있다고 믿고 있고 그에 대해서 거부감과 혐오감을 느낀다. 그 대신 프러포즈를 남자만 하는 게 아니라 여자도 하는데 흉이 아니다.

한 가지 분명한 것은 긍정적인 마음을 지닌 사람은 그렇지 않은 사람보다 만남이 쉽게 이루어진다는 사실이다.

어떤 사람은 스무 살도 되기 전에 결혼하는 사람이 있는가 하면 사십이 다 되도록 상대를 구하지 못하고 있는 사람도 있다. 모두 개인의 능력과 취향과 인생관에 따라 선택이 다르다 보니 어느 면이 더 낫다고 할 수는 없다.

다만, 사람은 누구나 짝이 있어서 누구라도, 언젠가는 상대를 만나게 되어 있다는 사실이다.

여기서 한 가지, 새로운 결혼 상대를 구하는 방법이 〈뉴욕 데일리 뉴스〉의 기사에 실려 있어서 소개한다.

미국에서 결혼을 위한 데이트는 1/3 이상이 온라인에서 이루어진다.

연구결과에 의하면 온라인으로 만난 커플이 전통방식으로 만난 커플보다 더 행복하다는 결과가 나왔다.

온라인 데이트는 수조 원 단위 산업으로 풍선처럼 팽창해 가고 있다.

'전미 과학 아카데미(the Proceeding of the National Academy of Sciences)'의 공식 조사결과에 의하면 어쩌면 결혼 자체의 결과가 역동적으로 변하고 있는지도 모른다.

조사는 2005년부터 2012년 사이에 전국적으로 대상자 19,131명을 상대로 설문 조사한 결과이다.

"인터넷의 출현 이후 사람들은 어떻게 배우자를 만나는지 그 역동적으로 변해가는 증거를 찾아냈다."고 설문조사를 이끌어간 시카고 대학 심리학과 교수 존 카시오프(John Cacioppo)는 말했다.

하지만, 어떤 전문가는 설문조사 자체가 온라인에서 데이트를 주선하는 eHarmony.com을 통해서 결혼이 성사된 커플들이 1/4을 차지

한 불공정한 위촉 조사 결과였다는 지적도 있다.

이에 대해서 카시오프 교수는 웹사이트 정보를 얻기 위해 과학적 조언자에게 연구비를 지급한 것은 사실이지만 연구원들이 '미국 의학 협회 기관지(the Journal of the American Medical Association)'와 자료의 출처를 동감하는 독립된 통계학자들의 절차를 따랐다.

온라인을 통해서 배우자를 소개받은 사람들의 평균 나이는 30~49세였으며 고소득층이었다는 설문조사 결과다.

연구결과에 의하면 전통적인 방법으로 배우자를 만난 경우에 '직장에서 만났다'가 22%, '지인의 소개' 19%, '공공장소나 모임' 9% 그리고 '종교생활'을 통해서가 4% 등으로 나타났다.

나머지 40% 이상은 온라인에서 만났다는 사실이다.

그러면 누가 더 행복한가?

연구원들이 7년이라는 장기간의 조사를 끝낼 무렵 이혼한 커플을 알아본 결과 온라인을 통해서 만난 커플이 5.96%, 오프라인을 통해서 만난 커플이 7.67%였다.

이 통계는 결혼이 해를 지나면서 섹스, 나이, 교육, 인종, 수입, 종교 그리고 직업과 같은 가변적 변수가 있기는 하지만 통계학적으로 의미심장한 결과를 보여주고 있다.

설문조사를 진행하는 동안 결혼만족도를 조사한 결과를 보면 온라인 커플이 평균 5.64 그리고 오프라인 커플이 평균 5.48로 온라인 커플이 조금 높은 것으로 나타났다.

가장 높은 불만족도를 나타낸 커플은 가족을 통해서 만났거나 직장에서, 공공장소나 모임에서 만난 커플 그리고 소개팅(Blind dates) 순으로 만난 커플이었다.

이번 설문조사로 볼 때 온라인을 통해서 만난 커플들은 긴 결혼 생활을 통해 성격, 욕망 또는 서로 다른 면이 있을 가능성도 있지만 어쩌면 결혼 자체가 인터넷에 의하여 역동적인 변화를 가져오고 있다는 것을 제시하고 있다고 카시오프 교수는 말했다.

그러면서 모든 전문가가 온라인 데이트는 짧은 행복으로 끝날 것이라고 믿는 시대는 지났다고 했다.

지난 일 년 동안 '온라인 데이트'에 관해서 발행된 과학 출간 물들을 재검토하고 정립해서 이끌어 가는 놀츠웨스트른 대학 사회심리학 에릭 핀켈 교수는 '전미 과학 아카데미'의 연구 결과를 어느 정도 동의하지만 자신이 연구한 바에 의하면 온라인 데이트 커플은 35%라고 지적했다.

온라인 만남이 오프라인 만남보다 낫다는 결과를 도출하기에는 이르다고 말하면서 20,000명의 표본 설문을 통해서 도출해낸 결과를 '역동적 변화(statistical significance)'라고 할 수는 없고 '타당한 변화(practical significance)'라는 표현이 옳을 것이라고 지적했다.

핀켈 교수는 eHarmony.com이 연구에 참여한 것도 지적했다.

"내가 경계하는 것은 사설기관 기금으로 연구가 시작되면 그 기관은 분명히 보호받기를 기대하고 있다는 점이다."라고 말했다.

뉴욕시에 거주하는 작가이면서 심리학자인 비비안 딜러에 따르면, 장기간에 걸쳐 나타나는 온라인 관계의 결과를 7년 동안의 조사로 진단하기에는 연구 기간이 너무 짧다고 말하면서,

"성공적인 결혼이라는 것은 호환성뿐만이 아니라 광범위하게 서로 다른 점을 협상하는 것이다. 그리고 한 가지 더 보탠다면 온라인 데이트는 기대를 부풀려주고 실망을 크게 해 주는 것이다."

그뿐만 아니라,

"젊은 사람들은, 특히 남자들은 온라인 데이트를 놀이터 정도로 생각하면서 젊은 여자들의 단면만 본다. 그들은 보다 많은 여자들을 만나려 하고 결국 여자들을 피곤하게 만든다."고 말했다.

# 07

# 미국 '원정출산'에 드는 경비

아기를 낳으러 미국으로 가는 걸 우리는 '원정출산'이라 하고 미국인들은 '출산 여행(Birth Tourism)'이라고 부른다.

외국인 부부가 미국에 와서 낳는 아기가 한 해에 1만 명 정도라고 추산되고 있다.

출산을 위해 입국한 여성들의 국적을 보면 터키가 가장 많고 한국, 대만, 홍콩 순이다.

터키에서는 미국에 가서 아기 낳기를 원하는 산모들이 많아서 '패키지 출산 여행' 상품까지 등장할 정도로 유행이다.

터키 일간지에 공공연하게 '패키지 출산 여행' 광고를 게재하고 여행사들이 경쟁적으로 산모를 모집하고 있다.

'세린(Selin)'이라는 여성의 경험담을 들어 보면 다음과 같다.

"작년에 미국에 가서 딸을 낳았다. 인터넷으로 '출산여행사'를 찾았는데 시작부터 돌아올 때까지 일사천리로 척척 일 처리를 해 주는 것이 그들은 정말 프로였다.

오스틴 텍사스에서 아이를 낳았는데 완벽한 출산에 걱정할 게 아무것도 없었다.

우리 부부가 미국에서 아이를 낳기로 한 것은 아기의 인생이 좀 더 편안하기를 원해서였다.

미국 시민권이 있으면 외국을 방문할 때 비자 걱정을 안 해도 되고, 여러 가지 혜택이 있다.

아이가 미국에서 교육을 받게 되면 적은 학자금으로 더 좋은 환경에서 공부할 수 있어 좋고 아이가 21세가 되면 부모를 초청이민으로 미국 영주권을 얻을 수도 있다."

한편 출산여행사 사장 배스(Bas) 씨는 다음과 같이 밝혔다.

"우리는 2002년부터 출산 여행을 주선하기 시작했는데 수요가 너무 많아서 '패키지 출산 여행' 상품을 개발하게 되었다. 지금은 뉴욕, 로스앤젤레스, 시카고, 올랜도 플로리다에 산후 조리원을 운영하고 있다.

터키인 의사에 의료진들이 모두 터키인들이다. '패키지 출산 여행' 상품에는 모든 경비가 포함되는데 왕복 비행기표, 몇 달간 숙식, 시내 관광, 병원 경비 등이 포함되어 있어서 산모는 몸만 오면 된다.

여행 경비는 머무는 지역에 따라 편차가 있는데 25,000달러에서 40,000달러 사이이다. 뉴욕의 경우 40,000달러여야 한다."

터키에서는 대도시뿐만 아니라 지방 구석구석까지 '출산 여행' 광고가 나간다.

그러나 터키인들은 미국에 가서 아이를 낳는다는 것을 숨기고 싶어 한다. 그래서 아무도 모르게 출산 여행을 추진해야 하는 어려움이 있다.

터키인들이나 한국인들이나 숨기고 싶어 하는 원정출산의 개념은 마찬가지다. 한국인들의 원정출산 역사도 오래되었다.

그 옛날 고등학교 때의 일이다. 학생들 사이에서 '맘보'라고 불리는 영어 선생님이 계셨는데 하루는 수업시간에 출생지주의에 관한 이야기를 들려주셨다.

미국에 유학 가서 아이를 낳으면 미국 출생지법에 의해 아이는 자동으로 미국 시민이 된다. 시민권자인 아이가 18세가 될 때까지 부모는 책임지고 양육해야 하는 의무가 있기 때문에 자동으로 계속해서 미국에 머물게 된다고 들려주셨다.

2000년대 들어오면서 '원정출산'이라는 말이 생겨났고 2010년을 넘기면서 '원정출산'이 대중화되었다.

원정출산도 초기에는 아는 사람 또는 중개업자를 통해서 은밀히 이뤄지던 것이 근래에는 인터넷을 통해서 '원정출산 카페' 같은 모임도 생겨나고, 정보를 공유하고, 때로는 단체로 미국에 입국하기도 한다.

로스앤젤레스 타임스에 의하면 한국인들이 미국에서 아이를 낳으려고 하는 이유는 한국군 복무를 피하고 미국에서 교육받게 하기 위함이라고 한다.

LA에는 한국인이 운영하는 산후조리원이 여러 군데 있는데 그곳에서 자세히 안내해 주고 있다. 제일 먼저 임신 7~8개월 전에, 임신 티가 안 나는 몸매로 입국할 것을 권한다. 무거운 몸으로 입국하게 되면 원정출산을 의심받아 입국이 취소되는 수가 있다.

머물 만한 친지가 없는 경우 2~3개월 동안 홈스테이나 하숙을 알선해 준다. 물론 한국인 산부인과를 소개해 주고 산후조리는 조리원에서 해 준다.

조리원에는 특실과 일반실이 있는데 하루 3식을 제공해 주고 2번 간식도 준다. 아기 우유며 목욕, 기저귀도 다 관리해 준다.

일반실은 하루에 250~300달러 정도이며 보통 3주 내지는 4주 머문다. 산부인과 출산비용은 10,000달러 선이다. 원정출산에 들어가는 경비가 30,000달러 정도이지만 후일 더 큰 혜택을 받는다고 강조한다.

미국인들은 '출산 여행'에 대해서 불만이 많다. 세금 한 푼도 내지 않은 외국인들이 혜택만 갈취하려는 파렴치한 행위라고 비난하고 있다.

불법이주출산을 이용해 돈벌이하는 의사는 벌금을 먹이고 제한해야 한다는 목소리도 있다.

미국 법은 영국이 그 모태다. 미국은 미국에서 태어나는 아이는 누구나 자동으로 미국 시민이 되는 출생지주의를 택하고 있다. '쩌스 쏘리(Jus Soli) 출생지주의'는 미국뿐만 아니라 영국과 영연방국가들 모두가 출생지주의를 채택했었다.

그러나 출생지주의가 가져오는 부작용이 만만치 않아 1980년 영국이 출생지주의를 포기했고 영연방국가들도 더 이상 지키지 않는다. 북미와 남미 국가들만 출생지주의를 유지하고 있을 뿐이다.

머지 않아 미국도 출생지주의를 포기할지도 모를 일이다. 홍콩은 영국 식민지였기에 영국이 만들어 놓은 법에 따라 출생지주의를 실행하고 있다.

그러나 이 법을 이용해 중국 본토인들이 홍콩으로 출산 여행을 와서 아이를 낳고 아이가 홍콩 시민이 된다.

본토인의 홍콩 원정 출생아가 2001년 620명에서 2010년에 9만 명으로 늘어났다. 10년 사이에 145배나 늘어났다.

출생아 병동과 유치원이 만원이 돼서 정작 홍콩인 아이는 들어갈 틈이 없다.

드디어 홍콩정부는 출생지주의 포기선언을 하기에 이르렀다.

최근 들어 중국 본토인 중에 부유층들이 미국 부동산에 투자도 하고 출산도 하는 빈도가 늘어나고 있다.

그뿐만 아니라 LA 동부 샌 게브리얼 배리 지역에 무허가 산후조리원들이 들어서면서 아시아인 산모들을 유인한다. 하지만 카운티 정부에서는 적극적으로 나서서 산후조리원을 단속하고 있다.

아직은 중국 본토인들의 미국 여행이 제한되어 있어서 원정출산 역시 심각한 수준은 아니다. 그러나 어느 날 제한이 풀리기라도 하게 되면 미국에 가서 아이를 낳겠다는 중국 본토인들이 얼마나 많이 몰려올지 심히 우려되는 부분이다.

문제는 원정출산이 도덕적으로 떳떳치 못한 행위라는 사실이다. 터키뿐만이 아니라 한국에서도 원정출산은 쉬쉬하는 편이다.

'맹모삼천지교'라는 말은 아이의 교육을 위해 환경 따라 이사했다는 이야기이지 환경 따라 이중 플레이를 하라는 말은 아니다. 지금처럼 부모가 직접 나서서 편법을 가르쳐주는 행위는 더욱 아니다.

옛날 우리 부모님들은 새벽에 장독대에 정화수 떠놓고 자식 잘되기를 빌었다. 이것은 무의식중에 자식에게 무거운 책임감으로 돌아와 새로운 각오를 유발시키는 동기가 되었고 뜻을 이룬 자식은 부모에게 효도하는 것이다.

섣부른 원정출산은 아이의 선택권을 빼앗는 것임은 물론이려니와 태어나기도 전부터 이중인격자로 낙인찍어주는 부모가 되는 행위다.

# 08

# 미국 동포들이 고급 차를 선호하는 까닭

1960년대, 아침에 학교에 가느라고 버스를 타려면 한바탕 전쟁을 치러야 했다.

줄을 서서 기다리는 게 아니라 많은 사람이 그냥 서 있다가 버스가 오면 우르르 몰려가 먼저 타려고 덤벼들었다. 버스 차장이 아가씨였는데 손님 한 사람이라도 더 태우려고 밀어 넣으면서 출발하는 버스 문에 매달려 있다가 운전사가 일부러 버스를 크게 스윙시키면 사람들이 쏠려서 안으로 밀려들어 가는 사이에 차장은 문을 닫았다.

빼곡히 서 있는 버스 안에서는 볼륨 높은 라디오 소리를 들어야만 했다. 초음파 방송은 태평양 파도를 넘어오느라고 커졌다 가늘어졌다 하면서 가냘픈 목소리로 '미국의 소리 방송'이 흘러나왔다.

"여기는 워싱턴에서 보내드리는 미국의 소리입니다." 카랑카랑한 황재경 목사님의 목소리로 미국 뉴스를 들려주곤 했다.

미국 문화의 충격적인 진실 35가지

1970년 샌프란시스코 한국인 교회에서 황재경 목사님의 설교를 직접 들을 수 있었다.

그분의 설교 중에 아직도 기억에 남아있는 이야기가 있다.

"한국에 갔더니 어떤 분이 명함을 건네주는데 받아보았더니 '국회의원 차점 낙선자'라고 쓰여 있더라. 이것은 적어도 나의 신분이 국회의원에 버금간다는 걸 은연중에 보여주고 싶은 심정일 것이다.

미국 동포들이 다니는 교회에 가 보면 주차장에 벤츠가 여러 대 서있는 걸 볼 수 있다. 이건 '내가 지금 노동일을 하며 지낼망정 적어도 나의 신분은 그게 아니다'라는 무언의 신분상승용 벤츠이다."

1980년대, 작은 개척교회 목사님의 시각은 이렇다.

미국에 새로 이민 온 사람들은 동포들과 연락을 끊고 밤낮없이 일만 하다가 돈 좀 모아 집도 사고, 가구도 들여놓고, 좋은 차도 사고 나면 이제쯤은 누구에게 보여주고 싶은 마음이 생긴다. 그때쯤 되면 슬그머니 벤츠를 끌고 교회에 나와 동포들을 만난다.

"나도 이제 살만해졌다. 알아 달라"는 과시용 벤츠이다.


이런 이야기들을 들어가며 살다 보니 나도 모르게 벤츠 기피증에 걸려 있다.

미국에서 살 만큼 살았고 나이도 있고 형편이 나아져서 흔해빠진 소형 벤츠나 BMW, 렉서스 정도는 탈 만도 하건만 어떻게 된 일인지 영 마음이 당기지 않으니 이것도 병 중의 하나일지도 모른다.

동포 중에는 중고차일망정 적어도 벤츠 정도는 타고 다녀야 한다면서 끌고 다니는 사람들도 있는데 내가 보기에는 어울리지도 않고 답답한 사람으로 보인다.

그렇게까지 하면서 자동차를 통해 신분상승을 해보고 싶을까?

내가 아는 30대 젊은 중국인 친구가 국숫집을 열었다. 겨우 테이블 6개가 놓인 좁은 홀에서 국수를 팔고 있다. 부부가 점심과 저녁에 손님을 치르자니 바쁘게 일해야 한다. 젊은 부부가 열심히 일하는 모습이 보기에도 좋고 기특해서 속으로 은근히 칭찬해주고 있었다.

지난주의 일이다. 국숫집 뒷마당 조그만 주차장에 하얀색 벤츠가 서 있다. 초라한 주차장 분위기에 어울리지 않게 흰색 벤츠라니 그것도 새 차가? 고개가 갸우뚱해진다. 아내에게 물어봤더니 국숫집 젊은 친구가 새로 산 차라고 한다.

지난 일 년여 동안 열심히 일하던 젊은 친구의 모습과 영 어울리지 않아 보였다. 고생하면서 번 돈으로 겨우 벤츠 한 대 사는 걸로 낭비하다니 젊은이의 앞날에 희망이 없어 보였다. 어떻게 해서라도 좀 더 큰 식당으로 발전시켜 나갈 생각은 하지 않고 쓸데없는 데다 돈을 날려버리다니 어이가 없어 보였다.

그런데 아내의 시각은 나와는 달랐다. 일주일에 엿새씩 부부가 쉬지도 못하면서 일만 하는데 스스로 자신을 위한 보상마저 없다면 무슨 재미로 일을 계속할 수 있겠느냐는 거다.

젊은 친구의 벤츠는 '보상용 벤츠'였던 것이다.

아내가 다니는 미장원의 미용사도 4캐럿짜리 큼지막한 다이아몬드 반지를 끼고 일을 한다고 했다. 4캐럿짜리 다이아몬드 반지면 적어도 일억(10만 달러) 원은 줘야 할 것이다.

고급 다이아몬드 반지를 끼고 남의 머리를 만져주는 모습이 조금은 생소해 보이지만 미용사의 입장을 알고 난 후에는 이해가 되더라고 했다.

20년, 30년째 쉬지도 못하고 일만 하면서 살다 보니 인생에 회의가 오더란다. 이렇게 살아 무엇 하나! 돈은 벌어 무엇 하나!

일에 채여 돈 쓸 시간도 없는 형편이다 보니 에라 다이아몬드 반지라도 사자 했단다.

콩알만한 다이아몬드 반지를 사기는 했으나 막상 끼고 자랑할 데도 없다. 특별히 반지를 끼고 파티에 갈 일도 없고, 잘 차려입고 근사한 레스토랑에서 식사할 건수도 없는데 그렇다고 그냥 장롱 속에 넣어두기에는 억울했다. 매일 일만 하는 팔자이니 차라리 일할 때일망정 끼어보자는 것이다.

듣고 보니 이해가 된다. 이것은 여성용 보상반지다.


자격이 안 되더라도, 돈이 없어 월부로 사더라도, 고급 차나 명품을 구입하는 사람들은 그 나름대로 이유가 있고 스스로 의미를 부여하고 있었다.

그러나 한 가지 분명한 것은 보상용이든 과시용이든 비싼 명품이나 사치품에 의존하는 건 건전한 생각이라고 할 수는 없다.

이러한 일들은 삶의 의미를 모르고 살아갈 때 누구에게나 발생할 수 있는 현상이다.

마치 로또 당첨자들이 많은 돈을 어찌할 줄을 모르다가 다 망해 나가는 것과 같은 이치다.

내 인생이라고 해서 내 맘대로 할 수는 없다. 반은 내 맘대로 해도 되지만 반은 이웃과 타협해야 한다.

타협이라고 해서 의논을 하기보다는 눈치를 봐야 한다는 게 올바른 표현이리라.

돈을 벌더라도 돈의 의미를, 삶의 의미를 먼저 깨닫는 게 중요하다고 생각된다.

# 09

# 미국에서 아동학대는 중범죄에 속한다

한국도 잘살게 되고 인권도 향상되다 보니 아기나 아동, 청소년, 배우자 학대 등 힘없는 사람들을 배려해야 한다는 공감대가 형성되어 가고 있다.

그중에서도 아동학대가 매우 심각한 수준에 이르렀다는 보도다. 사실 아동학대라는 말조차 최근에 와서야 들어 보는 말이다. 예전에는 아동학대가 일상생활의 일부분이었다. 자식이 하나의 소유물 취급을 받았으니까.

"나가 뒈져라", "귀신이 저걸 안 잡아가고 뭘 하냐", "돼지처럼 처먹기만 하느냐" 등 이런 언어학대가 많았으나 그걸 학대라고 받아들이는 사람도 없었다.

체벌이야 당연히 받아야 하는 일과일 뿐 체벌을 가하거나 받는다고 해서 이의를 제기하는 사람도 없었고 부당하다고 생각하는 사람도 없었다.

근래에 와서 생활수준이 높아지면서 아동학대가 눈에 들어오기 시작했고, 선진국들을 살펴보니 문제가 심각하다는 사실을 감지하게 되었다.

부모에게, 계모에게 맞아 죽었다는 신문기사도, 학교 체벌도, 부모 체벌도 심각한 수준임을 깨닫게 된 것이다.

그뿐만 아니라 유니세프 보고에 의하면 한국 어린이와 청소년이 느끼는 행복감은 OECD 국가 중 최하위에 속한다.

옛날에는 집안에 3대가 같이 살고 있어서 웃어른들로부터 자연스럽게 교훈을 터득할 기회가 있었으나 지금은 핵가족시대에다 부모가 모두 일하러 나가 결국 아이들 혼자서 지내면서 못된 짓은 다 보고 배우게 되는 환경이다.

부모나 선생이나 바쁜 생활 속에 아이의 버릇을 빨리 고치려다 보니 매를 들게 된다.

거기에다가 기성세대들은 아이들은 내 책임이고 남보다 뒤지지 않는 교육을 시켜야 한다는 강박관념에서 벗어나지 못하고 있는 것도 사실이다.

언어폭력이나 체벌이 반복해서 일어나도 지적해 주는 사람도 없다. 이대로 놓아두었다가는 어린이 인격 형성에 문제가 있을 수 있다.

이제는 아이들을 더는 구태의연한 부모에게만 맡겨놓고 있을 게 아니라 국가가 나서서 법과 제도를 선진화해서 아동을 보호해야 할 단계에 이르렀다고 본다.

미국에 와서 사는 한인들도 아동학대에 관해서 잘 모르고 있기는 마찬가지다.

사례 1

미시간 대학에서 석사과정을 밟고 있는 한국인 유학생 김(38) 씨는 캠퍼스 내 가족들을 위한 기숙사 아파트에서 두 아들의 엉덩이를 소형 야구방망이로 때렸다.

12세 미만인 아이들은 엉덩이에 멍이 심각하게 들었고 이를 본 아내의 신고로 출동한 경찰은 아이들을 응급실로 옮겨 치료를 받게 했다.

김 씨는 곧바로 카운티 구치소에 갇혔다가 보석으로 풀려났다. 유죄가 확정될 경우 김 씨는 최고 2년형에 처해질 수 있다. 그뿐만 아니라 김 씨의 전과기록이 영원히 남게 된다.

사례 2

한인 안(42) 씨는 10살 난 아들의 거짓말에 화가 나 버릇을 고쳐주려고 회초리를 들었다.

종아리의 멍 자국을 본 담임교사가 아동국에 신고했다.

교사는 아동의 학대 흔적을 보면 신고하는 게 법적으로 의무화되어 있다. 안 씨는 법정에서 훈육 차원임을 강조했으나 받아들여지지 않고 '의무교육과 심리치료' 명령을 받고 말았다.

미국에서 사는 한인들 역시 한국에서처럼 자녀체벌을 가볍게 여긴다. 그러나 현행 캘리포니아 주법은 아동학대를 중범과 경범으로 나누는데 중범이 적용될 경우 3년~6년형을 받을 수 있다.

미성년자에게 회초리를 들면 흉기 사용 혐의가 적용돼 이중처벌로 이어질 수 있다.

현재 법적으로 허용되는 체벌 수위는 엉덩이를 손바닥으로 때리는 정도다. 그것도 맨살 엉덩이를 때려 흔적이 남게 되면 학대혐의를 벗어날 수 없다.

혐의를 받고 안 받고 하는 것보다 더 중요한 것은 아동학대로 판명나면 부모와 자녀가 당국에 의해 일정 기간 또는 영구히 떨어져 살아야만 하는 경우도 있다.

---

### 사례 3

16살 먹은 딸이 주말이면 밖에서 불량 청소년들과 같이 쏘다니고 있으니 부모로서 그냥 놔둘 수가 없어서 집에 가두고 손찌검을 했다.

딸이 경찰에 신고했고 경찰은 딸을 청소년 보호시설로 옮겼다.

부모는 딸이 청소년 보호시설에서 생활하는 경비 일체를 성인이 될 때까지 감당해야 한다.

2012년 10월 5일 10대인 딸이 학교에서 전기 담배를 피우다가 걸려 2일간 정학처분을 받았고 학교에서는 즉시 부모에게 통보했다.

딸이 응원단(Cheerleading) 연습을 마치고 집으로 귀가했을 때 어머니는 화가 잔뜩 나서 못 마시는 맥주를 마시면서 부엌에 서 있었다. 어머니는 딸을 보고 고함을 치면서 보따리 싸서 나가라고 소리쳤다.

문제는 딸이 집을 나가려고 가방을 싸는 바람에 아버지가 딸을 지하실로 끌고 내려가면서 발생했다.

아버지가 막대기로 딸을 때렸는데 그만 막대기가 부러져나갔다. 이번에는 빗자루를 거꾸로 들고 긴 손잡이 부분으로 때렸더니 빗자루도 부러져나갔다.

화가 덜 풀린 아버지는 혁대를 풀어 때렸다. 딸아이는 아프다고 큰 소리로 울면서 어머니에게 말려 달라고 소리쳤으나 어머니는 못 들은 척 맥주만 마시고 있었다.

아버지가 잠시 자리를 비운 사이 딸은 911에 전화로 신고했다.

돌아온 아버지는 다시 때리기 시작했고 급히 출동한 경찰은 집 안에서 들려오는 딸의 비명소리와 아버지의 고함을 동시에 들을 수 있었다.

경찰이 차에서 내리는데 딸아이가 집 문을 박차고 경찰에게로 달려나왔다.

경찰이 권총을 빼 들고 집안으로 들어섰을 때 아버지는 거실에 서 있었다. 경찰이 엎드리라고 명령했으나 아버지는 따르지 않았다.

뒤따라 들어온 경찰이 아버지에게 수갑을 채웠다.

어머니는 부엌에서 아무 일도 없었던 것처럼 설거지하면서 경찰을 주시하고 있었다.

미성년자인 딸은 몇 군데 타박상을 입었고 몇 군데 멍이 들어 있었다. 어깨와 다리에는 혁대 자리가 나 있었다.

아버지는 그날로 구속되었다.

변호사는 이 문제는 한국인 가정에서 한국인끼리 벌어진 사건이며 한국 문화와 정서를 고려해야 한다고 주장했다. 그뿐만 아니라 피고인은 딸을 극진히 사랑하는 사람이라고 말했다.

그러나 1심에서 364일 실형을 선고받았다.

변호사는 구치소에 있는 동안 모범을 보인다면 2심에서 100일로 감형될 수 있다고 알려주었다.

가정 문제 전문가들은 미국에서는 아동학대에 대해서 법적인 제재도 엄격하지만, 더욱 심각한 것은 체벌로 인해 부모가 체포될 경우 부모와 자녀 간의 신뢰가 깨진다는 점이다.

신뢰가 깨지면 부모와 자식 간에도 남남이 되고 만다.

우리는 알게 모르게 유교사상이 스며있는 한국인으로서 도덕과 법 중에서 어디에 비중을 더 두어야 할 것인지 고심해야 한다.

삼강오륜에서 아비는 자식의 근본이라고 했다고 해서 아비와 아들을 종속관계로 보면 안 된다.

자녀를 기를 때 자녀는 부모의 소유물이 아니고 한 인격체임을 인정하는 게 매우 중요하다.

부모가 잘 가르쳐서 자식이 성공하는 게 아니고 부모는 그저 지켜보고 있었을 뿐 모든 건 자식이 스스로 노력해서 성공한다는 걸 인정해야 한다.

인정하게 되면 구태여 매를 들 필요도 없고 후일 자식으로부터 섭섭했었다는 말도 듣지 않을 것이다.

# 10

# 미국에서 자동차 운전을 하려면

한국이 법치국가인 것처럼 미국도 법치국가이다. 그러나 한 가지 다른 점은 미국은 철저한 법 집행이 이뤄지는 나라라는 점이다.

미국 경찰은 약자보호에 철두철미한 것처럼 범법자 처리에도 철두철미하다.

한국은 자동차 문화도 짧고 민주국가가 된 역사도 길지 않아서 매사 배우고 익혀가는 중이다.

자동차 운전이나 민주화의 1세대가 주류를 이루고 있는 현실로 볼 때 매우 빠른 습득력을 보이고 있다.

하지만 전통관습은 그리 쉽게 바뀌지 않는다. 아직도 한국인들은 교통위반 정도를 대수롭지 않게 여기면서 빨리 달리려는 경향이 있다.

그러나 미국에서는 법질서를 지키는 기본이 교통법규 준수에 있음을 강조한다.

큰 형사사건에 연유되었을 때 그의 삶 속에 교통법규 위반사항이 절대적인 도움이 되거나 불리하게 작용할 수도 있다.

자동차 보험이 운전경력에 따라 달리 책정된다.

운전자의 교통사고 및 신호위반 등 교통법규 위반 자료를 과학적으로 분석하여 보험료를 책정한다. 사고를 내지 않거나 교통위반 티켓이 없으면 보험료를 대폭 할인해 준다.

상습적인 교통법규 위반자에게는 보험가입을 거부하는 경우도 있고 운전면허를 취소당하기도 한다.

미국에 온 지 얼마 안 되는 한인들은 한국에서의 생활습관대로 무의식적으로 행동하다가 티켓을 받게 되고 부과되는 벌금액에 놀라 어처구니없어 한다.

경찰에게 사정도 해 보고 관계기관에 편지도 보내고 심지어 법정으로 끌고 가보기도 한다.

그러나 미국에서는 한국처럼 봐주는 예가 절대 없다. 오히려 잘못 수를 쓰다가는 더 큰 화를 입을 수도 있다. 내가 처음 미국에 왔을 때 식당에서 버스 보이로 일을 했다.

타임카드에 몇 분이라도 더 일찍 찍으려고 고속도로에서 속력을 냈다. 언제 나타났는지 뒤에서 고속도로 순찰차가 불을 번쩍이며 따라왔다.

한국식으로 재수 없게 걸렸구나 생각하고 길옆에다 차를 세웠다. 그리고 경찰에게 잘 보이려고 차에서 나와 인사부터 했다. 운전면허증을 살펴보던 경찰이 한국인이냐고 묻는다. 얼씨구나 좋아

라 하고 그렇다고 했다. 그도 한국에서 군 생활을 한 적이 있다고
했다.

이쯤 되면 봐 줄만도 할 것 같아서 사정하기 시작했다. 다음부터
는 다시는 속력을 내지 않겠다느니, 하루에 벌이가 50달러인데 벌
금이 하루 벌이보다 더 많다느니 이런저런 이야기를 다 해 보았지
만 무정한 경찰은 그러냐고 하면서 티켓을 발부하고 마는 것이다.

속상하고 야속했지만 어쩔 수 없이 직장으로 가야만 했다. 타임
카드에 몇 분 더 일찍 찍으려다가 오히려 몇십 분 더 늦게 찍고 말
았다.

식당 매니저에게 사실을 이야기하고 이해를 구했다. 매니저는 경
찰 이름이 누구냐고 묻는다. 그러면서 티켓을 달라고 했다. 자기가
알아봐 주겠다고 했다.

아니나 다를까 그날 점심시간에 바로 내게 티켓을 발부한 경찰
관이 식사하러 식당에 나타났다. 그리고 식사 도중에 매니저가 경
찰관과 같은 자리에 앉아서 무엇인가 한참 동안 웃으면서 담소하
는 모습이 보였다.

나는 주방 뒤로 들어와 마음속으로 기도했다.

'제발 티켓이 취소되기를…'

시간이 흐른 뒤에 매니저는 내게 티켓을 다시 돌려주면서 방법
이 없더라고 한다. 미국 경찰들은 참으로 냉정한 사람들이다. 하
는 수 없이 그날 번 돈에다가 더 보태서 벌금을 내야만 했다.

만일 그때 경찰이 나를 봐 줬더라면 나는 기고만장해서 내가 잘

나서 그런 줄 알고 계속 달리다가 사고로 이어졌을지도 모를 일이다. 그날 호된 벌금이 나의 사고방식을 돌려놓는 데 일조했다고 믿는다.

미국은 교통법규가 하도 많아서 아무리 미국에 오래 살았어도 다 알지 못한다. 그뿐만 아니라 시와 때 그리고 장소에 따라서 규정이 다르다. 그러므로 자동차를 운전할 때는 시야에 보이는 법규를 모두 읽으면서 다녀야 한다.

시내 길가에 차를 세우려고 하면 빈자리를 찾기가 매우 어렵다. 그런데 어떤 때는 자리가 텅 비어 있는 것을 보게 된다. 이게 웬 떡이냐 하고 차를 대서는 안 된다. 반드시 전봇대에 붙어있는 사인을 읽어 볼 일이다.

'매달 세 번째 목요일 오전 9시부터 2시까지는 주차금지' 뭐 이런 사인이 있을 것이다. 청소해야 하므로 그 시간에 차를 세우면 안 된다는 사인이다.

경사진 길을 내려가다가 주차할 때는 차 앞바퀴를 인도교 쪽으로 돌려놔야 하고 경사진 길을 올라가다가 주차하려면 앞바퀴를 도로 쪽으로 틀어놔야 한다.

잠시인데 뭐 괜찮겠지 하고 지나쳤다가는 당하기 일쑤이다. 그만큼 미국 경찰들은 철저하게 살펴보고 티켓을 발부한다.

주택가에서 주행하는 방향이 아니라 반대방향으로 주차하면 주차위반으로 티켓을 받는다. 반드시 그런 것은 아니고 시에 따라 법규가 다르니 남들이 한 것을 보고 따라해야 봉변을 면한다.

때로는 경찰차를 일반차로 둔갑시켜 암행어사 노릇을 하기도 한다. 경찰차가 없다고 해서 교통위반을 하다가 암행어사 경찰에 걸리는 수가 있다.

한국에서 국제면허증을 가지고 미국에 오는 사람들은 국제면허증을 과신하는 경향이 있다. 국제면허증이 있으면 다 된 거로 착각하기 쉬운데 실은 미국에 왔으면 미국 교통법규부터 익혀야 한다.

DMV(Department of Motor Vehicle)에서 작은 교통법규 책자를 구해 숙지해야 한다.

미국은 땅이 넓어서 주마다 교통법규가 조금씩 다르다. 캘리포니아는 고속도로 최고 속력이 75마일이지만 네바다 주는 속력이 무제한인 곳도 있다.

캘리포니아에서는 교통사고가 났을 때 뒤에서 받은 차가 무조건 잘못이지만 다른 주에서는 사고의 잘잘못을 따지게 된다.

신호등이 빨간 불일 때 캘리포니아에서는 우회전을 허용하지만 다른 주에서는 그렇지 않은 경우가 많이 있다.

한국에서 처음 온 사람들은 스톱 사인에서 완전히 서서 2~3초 동안 주변을 살펴보고 안전하다고 할 때 출발해야 하는데, 그냥 서는 척하다가 지나갔다가 티켓을 발부받는 경우가 있다.

아무도 없고, 안 보는 것 같지만, 법규를 지키는 일만큼은 철저히 해야 한다. 요즈음은 무인 카메라도 많이 설치되어 있어서 한번 찍히면 꼼짝 못 하고 당한다.

주차해서는 안 되는 곳에 차를 세웠다가 견인도 당하고, 추월해서는 안 되는 곳에서 추월하다가 딱지를 떼는 경우도 많다.

심지어는 고속도로에서 출구를 잘못 나갔다가 거꾸로 후진하는 사람도 있다.

경찰에게 걸렸을 때 흔히들 영어를 모른다고 손사래를 치는 경우도 있지만 티켓 발부에는 아무런 도움도 되지 않는다.

티켓을 떼고 나면 벌금이 큰 문제이다. 미국에서 교통법규 위반 벌금은 장난이 아니다. 엄청나게 비싸다. 잘못하다가는 일주일 주급이 다 날아간다.

2014년 캘리포니아 주를 기준으로 보면, 적색 신호등 위반 벌금이 490달러, 과속 1~15마일까지 238달러, 16~25마일 358달러, 스톱 사인 위반 237달러에 달한다.

장애인 주차공간에 차를 세웠다가는 벌금 폭탄을 맞는다. 자그마치 990달러, 2회 위반 1900달러나 된다. 버스정차구역에 주차하면 990달러 벌금이다.

그뿐만 아니라 운전 중에 휴대전화 통화나 문자를 보내다가 걸리면 벌금이 최소 159달러부터 책정된다. 운전 중에 스마트 폰에 손만 대도 위법이다.

한국에서 온 사람들은 미국의 교통법이 얼마나 무서운지 잘 모르고 마음 놓고 운전하고 다닌다. 그러나 실제로 미국에서 살고 있는 사람들은 한결같은 경찰의 가차 없는 단속을 의식하고 있으며 그로 인해 조심해서 운전하고 있다.

미국에서 운전할 때는 교통법규부터 미리 공부하고 그대로 잘 지키면 즐겁고 안전한 여행이 된다.

# 11

## 기술적 거짓을 가르치는 한국 부모들

일반적으로 미국인들은 정직한 편이다. 초등학교 교육에서부터 거짓말을 하는 것은 수치이고 정직한 것은 명예라고 교육받는다.

한국 초등학교 교육과정도 똑같다. 서로 다른 점은 미국에서는 부모 역시 거짓은 치욕이고 정직은 명예롭다고 가르친다.

그러나 한국에서 부모들은 목적 달성에 더 큰 비중을 둔다. 수단과 방법을 가리지 말고 목적 달성만을 요구한다. 그러다 보니 한국인들은 어려서부터 자칫 부정직한 방향으로 발달하게 되는 경향이 있다.

그렇다고 거짓말을 하는 것은 아니다. 거짓과 타협하는 기술을 터득하는 것이다.

미국 초대 대통령 조지 워싱턴이 어린 시절 새 도끼가 써 보고 싶어서 아버지가 애지중지하는 앵두나무를 찍어 넘어뜨린 이야기를 알고 있을 것이다.

아버지가 어린 아들에게 누가 이 앵두나무를 베었느냐고 물었을 때 어린 조지는 정직하게 사실대로 말씀드렸다. 아버지께서 아들의 정직함을 높이 칭찬했다는 이야기이다.

미국에서 태어나 자라는 아이들은 고등학생이 되도록 돈을 모른다. 돈을 거저 주는 사람도 없고 어쩌다가 돈이 생겨도 쓸 데가 없다.

돈을 쓰려면 차를 타고 쇼핑센터에 가야 하는데 아이가 감당할 만한 거리도 아니고 그렇게 나서는 아이도 없다. 우리 집 아이들을 위시해서 지금까지 내가 보아 온 아이들은 모두 정직하다.

어떤 때는 답답하리만치 정직하고 솔직해서 요령을 가르쳐 주어도 자기가 배운 대로 한다.

어려서부터 거짓을 모르고 자라니 사회 전체가 정직해진다. 미국 사람 중에는 평생 운전을 해도 티켓 한 장 받지 않은 사람도 많이 있다. 다들 정직하게 운전한다는 이야기이다.

한국에서는 어린아이들도 돈에 관한 한 너무나 잘 알고 있다. 혼자서 돈을 가지고 동네 구멍가게에 가서 먹고 싶은 걸 사 먹기도 하고 조금 멀리 나가 장난감도 산다.

어려서부터 돈이 거저 들어오기 때문에 당연히 쓰는 걸 스스로 터득하게 된다. 설날 같은 때 세배하면 돈이 생긴다. 친척 어른이 다녀갈 때 쓰라고 돈을 주고 갈 때도 있다. 할머니한테 떼를 쓰면 돈을 꺼내 주기도 한다. 거저 생기는 기회가 많다.

그뿐만 아니라 가까운 가게에 데리고 가서 돈 내고 사 먹는 걸 가르쳐 주기도 한다. 이러다 보니 한국에서 자라는 아이들은 똑똑하고 까불어진다.

오래전의 일이지만 아직도 잊히지 않는 일이 있다. 나도 잘 아는 아내의 친구가 남편 유학길에 같이 오면서 다섯 살 먹은 아들을 데리고 왔다.

어린 아들과 함께 우리 집을 방문했는데 다섯 살 먹은 아이가 "엄마 우리도 빨리 돈 벌어서 이런 집 사자" 하는 바람에 모두 깜짝 놀랐다. 다섯 살짜리가 벌써 세상 물정을 알다니, 기가 막혀서 혀를 찼던 일이 있었다.

어려서부터 돈을 안다는 건 좋을 수도 있고 그렇지 않을 수도 있다. 물론 한국의 사회 환경과 문화가 아이들이 일찍부터 돈을 알게 하고 있다.

부모 또한 아이가 돈의 가치를 터득하도록 다그친다. "가서 뭐, 뭐 사 와라", "이게 얼마짜리인 줄 알기나 하니?" 하는 식으로 은연 중에 돈의 가치를 주입시켜 준다.

그뿐만 아니라 아이가 경쟁에서 살아남기를 원하는 한국 부모들은 온갖 아이디어를 총동원해서 아이가 원하지 않는 것까지 다 해 주려고 든다.

부모가 다 그런 건 아니겠지만, 아이의 장래를 위해 원정 출산을 마다한다든가 아이를 국제학교에 보내려고 국적을 세탁하는 엄마, 선생님이 아이를 꾸짖었다고 교실에 쳐들어가 교사 멱살을 잡는 엄마, 학원에 가느라고 별별 핑계를 다 대도록 도와주는 엄마, 이런 엄마들이 얼마든지 있는 한 아이들이 정직하게 자랄 수는 없다.

미국사회에서는 정직함처럼 명예로운 직함은 없다.

한국인 장례식에 가 보면 고인의 경력을 열거하고 애도를 표한다. 미국인 장례식에 가 보면 고인이 얼마나 정직한 삶을 살았는지 열거하고 명예로운 삶을 칭송한다.

한국인이라고 해서 다 부정직한 것이 아니듯이 미국인이라고 다 정직한 것은 아니다. 대체로 그렇다는 이야기이다.

그러나 정직과 부정직도 상대적인 것이어서 어느 시각으로 보느냐에 따라서 다르다. 스웨덴에서 온 친구는 미국은 부정직한 사회라고 말한다. 미국에서 사는 한국인들에게 물어보면 이구동성으로 미국은 정직한 사회라고 말한다.

한국인들은 미국을 왜 정직한 사회라고 말하는가? 한국이 부정직한 사회이기 때문에 한국에 비해서 미국은 정직한 사회라고 말한다.

선진국이 다 그렇지만 미국과 같이 정직한 사회에서 살아 보면 정직하게 살지 않을 수가 없다. 문화도 그렇지만 제도적으로 정직해야만 살아남을 수 있게 만들어져 있다.

가장 중요한 돈 문제에서 현찰 사용이 거의 없고 카드나 개인 수표를 사용하기 때문에 기록이 남는다. 한국에서처럼 현찰로 쓰려고 해도 미국인들은 거스름돈조차 넉넉히 가지고 있는 형편이 아니다.

은행에 현금으로 $5,000(550만 원) 이상 입금시키면 법적으로 세무서에 신고하게 되어 있다. 이 많은 현금이 어디서 났는지 출처를 대야만 세무서 덫에서 빠져나올 수 있다. 미국 경찰관들도 일을 처리할 때 반드시 재확인하고 넘어간다.

한번은 일이 밀려서 일요일인데도 직장에 나가 잔무를 처리하고 있었다. 불이 켜져 있는 걸 이상하게 여긴 경찰관이 문을 두드리고 들어선다.

자초지종을 설명하고 아울러 이 건물이 내 소유라고까지 부연 설명을 해 줬는데도 경찰관은 그러냐고 하면서 돌아가지 않고 서 있다.

그 자리에서 십여 분간 내가 업무 처리하는 과정을 지켜보고 도둑이 아니라는 걸 확인하고 나서야 돌아갔다. 한국에서야 이만저만하다고 설명하면 그냥 넘어가는 일도 미국에서는 반드시 확인 과정을 거치기 때문에 거짓말하고 나면 드러나기 마련이다.

한국에서 태어나 자라던 아이들이 부모 따라 미국에 이민 온 한인 학생들이 많이 있다.

한인 학생들이 대학 입학과정에서 하지도 않은 자원봉사를 기재하거나 일부 전문가와 짜고 가짜 수상기록을 만들기도 한다. 대학에서는 일일이 다 검증할 수도 없는 일이어서 추천자와 자원봉사 기관, 상을 수여한 단체의 과거 기록을 참조하게 되는데 이미 여러 대학에서 한인 학생들의 정직성에 의문을 제기하고 있다.

한 번이라도 부정직함이 드러나면 다음부터는 추천자나 자원봉사기관, 수상기록 등을 믿을 수 없게 되고 그로 인하여 후배들에게는 불이익이 돌아간다.

한국에는 '모로 가도 서울만 가면 된다'라는 속담이 있다. 어떻게 해서라도 목적만 달성하면 된다는 말이다. 그러나 실은 목적보다 과정이 더 중요하다. 교육에서도 과정이 사람을 만든다. 과정은 묻지 않고 성공만 따지는 사회 풍토가 부정직함을 조장하고 있는 것도 한몫 한다. 고위 공직자들이나 재벌 아들들은 군대에 가지 않고도 아버지나 아들, 어머니도 양심의 가책을 전혀 느끼지 못한다. 도덕적 책임도 없다고 잡아뗀다.

돈 먹은 공직자가 줄줄이 나오는 것도 부정직한 사회가 감당해야 할 일이다. 사회가 전반적으로 부정직하다 보니 별로 죄의식이 없다. 부정직과 타협했을 뿐이라고 생각한다.


인천공항에서 빌려 타고 다니던 차를 반납하고 샌프란시스코로 가는 비행기에 앉아서도 내가 얼마나 많은 교통법규를 어겼는지 느끼지 못한다.

그러나 샌프란시스코 공항에 내려 장기주차장에서 내 차를 끌고 나오면 그때부터 나는 교통법규를 철저하게 지키는 또 다른 내가 된다. 나도 스스로 깜짝 놀란다. 같은 사람이 수 시간 만에 이럴 수가 있나, 한국에서는 내 맘대로 교통 법규도 무시하면서 운전하던 사람이 미국에 오면 속력부터 정지 사인도 철저히 지킨다.

한국과 미국이 무엇이 다른가? 한국에서 운전하려면 다른 운전자들과 보조를 맞춰야 한다. 나 혼자서 독불장군이라고 교통법규를 지키려 든다면 뒤에서 빵빵대면서 빨리 가라고 독촉해댄다.

미국에서는 모두가 다 정직하게 운전을 할 뿐만 아니라 교통 경찰차가 도처에 있다가 법규를 위반할 경우 달려와 차를 세우고 티켓을 띠는 게 다를 뿐이다.

교통위반을 하고 싶어도 할 수 없게 경찰이 지켜보고 있고 단속하기 때문에 정직하게 운전하지 않을 수 없다. 정직한 사람들이 부정직한 사람보다 더 많은 사회에서는 부정직한 사람도 정직해야만 한다.

반면에 부정직한 사람들이 정직한 사람보다 더 많은 사회에서는 정직한 사람도 부정직해야만 살아남는다.

선진국들은 다 잘 사는 나라들이고 동시에 정직한 사회이다. 궁핍하면 정직하게 살 수 없다. 북한이 그렇고 캄보디아, 라오스 같은 나라에서 목숨을 부지하기 위해 행하는 부정직함은 어쩔 수 없는 삶의 한 부분이다.

한국도 6.25 전쟁 직후에는 그랬다. 그러나 지금은 부정직하기에는 너무나 잘 산다.

잘 살면서도 어떻게 하면 남보다 더 잘 살 수 있을까, 더 높이 올라갈 수 있나, 더 많이 소유할 수 있는가 때문에 부정직함을 선호하는 데 문제가 있다.

아무리 국민 소득이 5만 달러가 돼도, 전 국민이 대졸이라고 해도 사회가 정직해지지 않는 한 선진국이 된다는 것은 요원한 일일 뿐이다.

정직한 사회를 이루려면 여러 분야에서 지속적으로 캠페인을 벌여 성인들의 의식변화를 유도해야 하고 동시에 어린아이들에게 철저한 교육을 통해서 정직한 사람으로 키워야 한다.

그리고 훌륭한 제도와 시스템을 만들어놓고 철두철미하게 지켜나가야 한다. 인정사정 봐 주지 말고 냉혹하게 법 집행이 이루어져야 한다.

한국인은 한다 하면 해 내는 근성이 있어서 하고자 하는 의지만 있다면 10년이면 이루고도 남는다.

# 12

## 왕따에서 아이를 보호하기 위해
## 어른들이 알아 둬야 할 것들

학교폭력과 왕따는 인종과 지역과 시대를 초월해서 발생한다. 정도의 차이는 있어도 어린아이와 청소년, 성인, 노인에게까지 내지는 여성, 남성 가릴 것 없이 나타난다.

미국에서는 학생 중에 60~80%가 폭력이나 왕따를 경험했다는 통계도 있다. 폭력이나 왕따는 도덕적으로 해이해지고 범죄의식에 무감각할 때 발생하기 쉽다.

인구 밀도가 심한 곳에서 더 많이 발생한다.

노인 중에도 힘을 과시하려는 사람도 있고 패거리를 지어 다니면서 남을 괴롭히는 노인들도 있다. 그러나 인생 다 살고 나면 나름대로 경험이 축적돼서 어떻게 하면 피해갈 수 있는지도 알고 있다. 성인들도 각자 자기에게 맞는 대응방법과 비껴가는 노하우를 터득하고 살아간다.

문제는 인생을 배워가고 있는 청소년과 어린아이들이 제일 심각하다.

아이들이 스스로 학교폭력이나 왕따에 맞서는 방법을 터득하기에는 시간이 너무 오래 걸릴 뿐 아니라 경험으로 터득하다 보면 입는 상처가 너무 크다.

자녀를 기르는 부모들은 아이들에게 학교폭력과 왕따에 어떻게 대처해야 하는지 가르쳐 주고 훈련해 줘야 옳을 것이다.

내 아이는 안 그렇겠지, 그럴 리가 없지 하고 내버려두다가는 크게 당할 수도 있다.

가능하면 자주 학교생활에 문제가 없는지 물어보고 점검하면서 미리 대처 방법을 숙지시켜 주면 도움이 된다. 똑똑한 아이는 가르쳐 주지 않아도 스스로 터득하지만 보통 아이들은 가르쳐 주어야 그제야 안다. 아이들을 보호하기 위하여 어른들이 먼저 알아야 하고 그다음 아이들에게 가르쳐 줘야 할 것들을 살펴보면 다음과 같다.

첫째, 아이들은 믿음을 갖고 주의하면서 침착하게 걸을 때 놀림을 피할 수 있다.

믿음을 갖고 주의하면서 침착하게 걷는다는 말은 고개를 들고 허리를 쭉 펴고 자신감 넘치게 걷는다는 의미다. 그러면서 주변을 살펴보고 평화로운 표정과 몸짓으로 문제아들을 피해 가는 것이다. 부모는 아이에게 소극적인 몸짓, 난폭한 몸짓 그리고 독선적인 몸짓이 어떻게 다른지 시범을 보여줘야 한다.

그뿐만 아니라 억양의 높고 낮음과 어떻게 말을 해야 하는지도 들려줘야 한다.

아이가 걸을 때 얼마나 성공적으로 걷는지 연습시키고 큰 소리로 칭찬해 주는 걸 잊어서는 안 된다. "훌륭하다", "이번에는 좀 더 폭넓게 걸어 보렴", "주변을 주의 깊게 보면서", "허리를 펴고" 하는 식으로 말한다.

둘째, 최선의 자기방어는 타깃이 되지 말아야 하는 것이다.

문제아가 누구누구인지를 파악하고, 복도를 걸을 때는 혼자 다니지 말고 친구와 같이 다닐 것과 되도록 폭력이 행해지는 장소는 멀리하라고 가르쳐주면 좋다.

사람에 따라 창피스러워하는 마음의 편차가 다르다는 것을, 시간과 장소에 따라서도 다르다는 것을 가르쳐 줘야 한다. 문제아들을 피해만 다니지 말고 기회가 되면 자연스러운 목소리로 "또 보자", "잘 지내" 하는 식으로 말 거는 연습도 시켜줘야 한다.

셋째, 만일 폭력배가 아이를 따라오거나 위협하려 할 때 아이는 분명하게 선을 그을 필요가 있다.

가해자의 명령대로 움직이지 말고 사람들 눈에 잘 띄는 곳으로 움직이면서 폭력이 행해지기 전에 주눅 들지 말고 당당하게 눈과 눈을 마주 볼 필요가 있다.

자동차를 정지시킬 때처럼 팔을 내밀어 손바닥을 보이면서 "잠깐" 그러면서 시간을 끌고, 아주 큰 소리로 "싫어", "하지 마라" 등 소리를 높이고, 주변의 어른을 찾아 도움을 청하도록 가르쳐야 한다.

넷째, 학교나 가정은 아이가 받은 모욕을 씻을 수 있는 곳이어야 한다. 그리고 아이가 당한 모욕을 스스로 씻어버리는 방법을 가르쳐 주어야 한다.

사건을 되새겨 보기만 하면 문제는 커져만 갔지 좋아지지는 않는다는 것도 가르쳐야 한다.

나쁜 욕을 먹고 기분이 상해 있는 아이는 집이나 학교에서 큰 소리로 욕을 내뱉어 버리면 심리적으로 보상을 얻을 수 있다.

아이가 어떻게 하면 긍정적인 마음을 지킬 수 있는지 연습시켜 주는 것도 잊어서는 안 된다.

예를 들면 누가 "난 네가 싫어" 한다면 그 말은 버리고 나 스스로 말하기를 "난 내가 좋아", 누가 "넌 바보야" 했다면 그 말은 버리고 스스로 말하기를 "난 바보가 아니야, 똑똑해", 누가 "난 너하고 놀기 싫어" 하면 그 말은 버리고 나 스스로 "넓은 바다에 고기가 너 하나뿐이냐, 다른 아이하고 놀지" 이런 식으로 말을 긍정적으로 돌리는 연습을 가르쳐 줘야 한다.

다섯째, 합류하지 않으면 왕따 당하기 쉽다.

학교 교습생활에서 제외된다는 것은 명백한 위법이다. 부모는 아이가 교습에 합류하겠다는 의지를 계속해서 보이도록 훈련해 줘야 한다. 아이가 부모에게 다가와서 "저 아이들하고 놀고 싶다."고 하면 부모는 즉석에서 친절하게 긍정적으로 보고 긍정적으로 말하는 방법을 가르쳐 줘야 한다. 그리고 연습시켜 주는 것도 필요하다.

예를 들면 친구들이 같이 놀기를 거부하면서 "너는 모자라" 한다면 아이에게 훈련시키기를 "나도 연습하면 잘할 수 있어"라고 말하게 하는 거다.

거부 이유가 "놀 아이들 숫자가 너무 많다." 한다면 아이에게 훈련시키기를 "언제든지 한 사람 더 낄 틈은 있지"라고 말하게 하는 거다. 거부 이유가 "지난번에 너 속였잖아" 한다면 아이에게 훈련시키기를 "규정을 이해 못해서 그랬지, 이번에는 분명하게 규정을 정하자"고 말하게 가르쳐 준다.

여섯째, 아이가 왕따를 당했다면 선생님이나 부모 아니면 감독하는 어른에게 즉시 침착하게 그리고 명확하게 말하도록 해야 한다.

설혹 어른이 무뚝뚝하게 굴더라도 아니면 전에 도움을 청했었는데 아무 효과도 없었던 경험이 있더라도, 선생님이나 어른들은 바쁘다는 이유로 잘 들어보려고 하지도 않으려니와 건성으로 들어버리는 수도 있다.

"죄송하지만 이것은 나의 안전에 관한 문제입니다."

"죄송하지만 나는 진심으로 도움이 필요합니다."

"제발 들어주세요, 매우 중요한 일입니다."

끈질기게 요구하도록 가르쳐 줘야 한다.

"네 눈에는 내가 이렇게 바쁜 게 보이지도 않니?" 하는 면박이 올 수도 있다.

그렇더라도 포기하지 말고 자신의 뜻을 관철하도록 코치해 줘야 한다.

"이렇게 왕따를 당하면 학교에 오기 싫어집니다. 제발 내 이야기를 들어 주세요."

긴장감 속에서도 공손하고 분명한 말투와 몸짓 그리고 조용한 음성을 어떻게 하면 구사할 수 있는지를 배울 것이다. 그리고 도움을 청하고 포기하지 않는 것은 평생 써먹을 기술이기 때문에 익혀 둘 필요가 있다.


일곱째, 학교 폭력이나 왕따 같은 문제는 분명하게 금을 긋고 잘잘못을 가려낼 수 있는 게 못 된다. 학교에서는 학생 스스로 해결하기를 기대한다.

육체적 싸움은 마지막 수단이다. 그렇다고 힘이 센 문제아와 같이 싸울 수도 없는 노릇이니 부모는 아이에게 방어적인 운동, 즉 태권도 같은 운동을 가르쳐 주는 것이 좋을 것이다.

설혹 평생토록 한 번도 써먹지 못하고 죽는 한이 있더라도 태권도를 배우면 최소한도 왕따의 희생양이 되는 것은 막아 줄 것이다.

# 13

## 우리는 즐겨 먹는데 미국인들은 안 먹는 것들

샌프란시스코에서 부자들이 사는 도시 하면 힐스보로 시를 꼽고, 같이 이웃해 있는 도시 벌링게임 시도 그에 속한다.

벌링게임 시 베이워터 애브뉴에는 가로수가 은행나무이다. 은행나무도 백 년은 됨직한 나무들이다. 가을이면 은행잎이 노랗게 물들어 매우 아름답다.

한편, 은행 열매가 익어 떨어져서 길을 더럽힌다. 그보다 더한 것은 냄새다. 고약한 냄새가 길거리를 메우고 있다. 이곳에서 사는 미국인 스티브에게 동네에서 냄새가 난다고 했더니 그동안 하고 싶었던 이야기를 참고 살아온 것처럼 속사포같이 떠벌려댄다.

매일같이 악취 때문에 못 살겠단다. 그러면서 중국 아주머니는 냄새 나는 열매를 주워 가더라며 고개를 절레절레 흔든다. 심지어 나무에 올라가 가지를 흔들어 떨어뜨린 다음 모아서 가져간단다. 이해할 수 없다며 미국 사람 특유의 어깨를 치켜 올린다.

미국인들은 은행을 먹지 않으니 이해할 수 없을 것이다. 은행이 몸에 얼마나 좋은지 미국인들은 알지 못한다.

은행(ginkgo)나무는 암나무와 수나무가 있는 것도 야릇하고, 암나무, 수나무 둘 다 꽃이 핀다는 것도 희한하다. 열매는 암나무에서만 달리는데 우리가 말하는 은행 알은 실은 열매가 아니고 씨 종자이다. 은행나무는 열매라고 하기에는 너무 초라한 개살구 같은 작은 열매를 맺어서 열매는 볼 것 없고 그 안에 씨 알맹이를 먹는다.

은행의 고약한 냄새는 열매 껍질에서 난다. 즉 씨를 감싸고 있는 개살구 같은 열매의 과육질에 '빌로볼(bilobol)'과 '은행산(ginkgoic acid)'이 함유돼 있기 때문이다.

우리는 즐겨 먹는데 미국인들은 먹지 않는 게 어디 은행뿐인가. 배, 감, 대추, 참외, 가지, 팥, 조, 수수, 녹두, 미꾸라지, 잉어, 해삼 등 헤아릴 수없이 많다.

팥이 얼마나 맛있는가? 팥죽, 팥빵, 찹쌀떡, 팥단묵, 팥밥, 팥빙수 아무튼 팥이 들어간 음식은 먹지 않는다.

이상하게 미국에서 태어났지만 한식을 주식으로 하는 우리 아이들도 어려서부터 팥을 싫어했다. 아무리 맛있다고 먹어보라고 해도 한번 맛보고는 싫다고 한다. 녹두로 만든 빈대떡, 콩으로 만든 비지까지 다 맛있다고 하면서 팥만큼은 입에도 안 댄다.

미국인들은 왜 팥을 안 먹는지 심지어 우리 아이들도 왜 안 먹는지 이해할 수 없다.

미국인들은 생선을 별로 좋아하지 않는다. 하물며 해삼, 뱀장어나 미꾸라지를 먹는다는 것은 기대하기 어렵다.

여름에 시원한 참외도 단물이 줄줄 흐르는 배도 미국인들의 입에는 맛이 없다. 우리 아이들도 참외며 배는 먹지 않는다. 시원하고 사각사각한 아시안 배는 먹지 않으면서 물컹물컹한 미국 배는 맛있다고 먹어대니 아무리 내 자식들이지만 이해할 수가 없다.

우리 집 뒷마당에는 30년 된 감나무가 있다. 늦은 가을, 한번 비바람이 지나가고 나면 잎은 다 떨어지고 앙상한 가지에 붉은 감만 주렁주렁 달려 있다.

매년 감이 너무 많아서 지인들에게 나눠주면 아주 좋아한다. 부모가 나눠주는 걸 보고 딸이 백인 친구에게 전화를 걸어 감 먹어 봤느냐고 물어본다. 어제 처음 먹어 봤는데 먹을 만하더란다. 그렇다면서 몇 개 달라고 한다.

감은 1930년대 중국에서 캘리포니아로 들어 왔다. 하지만 감은 우리만 좋아할 뿐 미국인들에게는 괄시받는 과일이다. 백인 중에서 감을 먹는 사람들은 유럽에서 이민 온 1세들이다. 이웃 백인 집에 감나무가 있지만 열매는 새들만 먹을 뿐 주인은 거들떠보지도 않는다.

그 많은 연시를 새가 다 먹게 버려두는 것을 볼 때마다 아깝다는 생각이 든다. 더군다나 캘리포니아는 여름 내내 비가 없어서 일조량을 많이 쏘인 감의 당도가 매우 달다.

가을이면 미국 신문에서 다음과 같은 감에 관한 기사를 보게 된다.

세상에 많은 사람이 감을 좋아하지만 우리는 아무도 먹지 않는다. 미국 감 생산의 98%가 캘리포니아에서 나오지만 우리는 아무도 먹지 않는다. 하지만 이번 연말 모임에서 감을 활용한 샐러드를 선보이면 어떨까? 감에는 두 가지 종류가 있는데 하시야스(hachiyas 홍시)는 도토리 같은 모양새로 매우 연하고 무스 크림 같아서 완전히 익어야 먹을 수 있다. 주로 요리하는 데 쓰인다. 후유스(fuyus 땡감)는 둥글넓적한 모양새로 딱딱할 때 먹는다. 샐러드 감으로 최고다.

〈감과 시금치 샐러드〉

2 테이블스푼 마멀레이드 잼
1/4 컵 식초
1 티스푼 참기름
약간의 소금과 후추
570g 어린 시금치 잎, 물에 잘 헹궈서 물기를 없앤다.
5 땡감, 껍질을 벗긴 다음 반달처럼 슬라이스한다.
3/4 윤기 나는 피칸

커다란 볼에다 식초, 잼, 참기름을 넣고 잘 섞는다.

미국 문화의 충격적인 진실 35가지

소금과 후추로 간을 맞춘다. 시금치와 감 그리고 피칸을 넣는다. 두 번 잘 섞은 다음 드레싱을 넣는다.

서브하기 직전에 만들어야 신선하다. 12인분 샐러드 완성.

유럽에서 이민 온 1세들은 감을 생과일로 먹기보다는 감으로 잼, 빵, 푸딩, 쿠키를 만들어 먹는다.

# 14

# 미국 호텔 침대에 베개가 많은 이유

여행길에 호텔에 투숙하다 보면 호텔 침대에 베개가 여러 개 있는 걸 보게 된다. 베개가 너무 많아서 어떤 때는 불필요한 베개를 바닥에 내려놓고 자는 때도 있다.

한국에서 미국을 방문하는 사람들은 왜 베개가 둘만 있으면 됐지 이렇게 많은지 궁금해한다.

베개가 많은 이유를 알려면 먼저 미국 문화를 이해해야 하는데, 크라이슬러 자동차 전 회장 아이아코카(Iacocca)가 1978년 의회 청문회에서 한 말이 있다.

"왜 미국 자동차 회사들은 일본처럼 작고 저렴한 차를 만들지 못하는가?" 하는 의원들의 질문에 "미국 자동차회사들이 큰 차만 만드는 까닭은 미국인들은 럭셔리를 좋아하기 때문이다."고 대답했다. 이 대답은 그대로 베개 문화에도 상응된다.

미국의 모든 문화가 유럽에서 건너왔듯이 베개 문화도 예외는 아니다.

유럽의 왕실이나 귀족들이 호화롭고 고급스러운 생활을 즐기는 가운데 침실 치장은 인테리어 중의 꽃이다. 가장 호화롭게 장식한 침실에서도 침대는 중앙에 있어서 침대를 어떻게 고급스럽게 꾸미느냐가 방문을 열고 들어서는 사람의 마음을 설레게 한다.

미국인들은 오랫동안 풍요롭게 살면서 유럽에서는 경제적으로 쪼들려서 할 수 없는 사치를 누려보고 싶은 마음이 생겨났다. 자연스럽게 럭셔리를 꿈꾸게 되고, 이것을 주변의 상혼들이 부추기기도 한다.

럭셔리는 명품 소유와는 개념이 다른데 럭셔리 라이프를 살려면 사랑스럽고 달콤하면서도 스타일 있는 삶을 실행해야 럭셔리 라이프라고 할 수 있다.

미국인 남편이 아내에게 적어도 하루에 세 번은 사랑한다고 말을 하는 것도, 꽃을 사다 주는 것도, 아내를 에스코트하고 배려하는 것도 모두 럭셔리한 행위이다.

한국에서도 예전에 못살 때는 끼니를 때우기 위해 먹었지만, 지금은 맛을 찾아다니는 것도 일종의 맛의 럭셔리이다.

유럽이나 미국이나 부호들은 집안일을 도맡아 해 주는 사람이 있어서 별 문제 없지만, 일반 주부들은 침실을 장식하고 정리, 유지하는 것도 쉬운 일이 아니다.

하지만 생각해 보면 인생의 1/3을 보내는 공간이 침실인데 침실을 호화롭게 꾸미고 가꾸는 데 들어가는 시간을 아까워할 이유가 없다.

　침실의 아름답고 평화로운 분위기를 쉬면서 즐길 수 있다면 가치 있는 일이지 싶다.


　침대를 고급 베드스프레드(Bedspread: 침대 덮개)로 커버하고 사랑스러운 베개들로 장식해 놓는 것은 기본이 되겠다. 보통 가정집에서 침대를 고급스럽게 꾸미려면 구색을 맞추느라고 골치 썩일 필요 없이 베딩 세트(bedding sets)나 베딩 컬렉션(bedding collection)을 사면 침대 덮개는 물론 베개 세트도 함께 따라온다.

　보통 침대에 네모난 베개 4개는 기본이고 유로 필로(euro pillow: 작은 정사각형 베개)나 본드스 필로(bonds pillow)는 몇 개라는 규정 없이 보기 좋을 만큼 있으면 된다.

　작지만 둥근 본듀엘(bonduel)이나 쿠션 베개(cushion pillow)는 하나나 둘 정도 있으면 잘 어울린다. 만일 침대 덮개가 없다면, 그보다도 매일 아침 침대 정리가 하기 싫다면 듀벳(duvet)으로 대신해도 보기 좋고 간편하다. 가정집은 물론이려니와 호텔 침대도 듀벳으로 커버한 곳이 많다. 듀벳은 두꺼운 이불처럼 생겼으나 사이즈가 침대보다 커서 침대를 거의 밑 부분까지 덮는다. 듀벳을 세트로 사면 어울리는 베개들이 따라오고 심지어는 같은 색상의 샤워 타월까지 제공되는 상품도 있다.

　베드스프레드로 침대를 장식하면 잠자기 전에 걷어내고 아침에 다시 덮어야 하는 번거로움이 있겠으나 듀벳으로 커버하면 그럴 필요 없이 그냥 놔두고 사용해도 되는 편리함이 있다.

여기서 왜 기본 베개가 4개나 될까?

물론 군대나 기숙사 또는 막 자는 잠자리에는 베개 하나만 해도 된다. 왜냐하면, 잠만 자고 나오면 그만이니까. 그러나 평화롭게 쉬고 잠자리를 즐기려면 베개 하나로는 부족한 면이 있다.

침대에 앉아서 TV를 보려면 등받이로 활용도 해야 하고, 노트북 컴퓨터를 사용하려면 무릎 위에 베개를 놓고 그 위에 노트북을 놔야 하기도 하고, 노는 날 늦잠을 자고 아침 식사를 침대에서 먹으려면 무릎 위에 베개가 있어야 한다.

미국에서는 아침을 침대에서 먹는다는 것은 생일이거나 특별한 날에 특별대우를 해주는 럭셔리에 속한다.

밤에 부부가 싸우고 나면 한국에서는 돌아눕고 잔다지만, 옆으로 누우면 불편해서 잠이 안 온다. 미국에서는 엑스트라 베개를 침대 가운데다가 놓고 여길 넘어오면 안 된다고 하면 개인 영역이 확보되는 심리적 효과가 있다.

그뿐만이 아니라 미국 베개는 닭털을 넣어 폭신해서 하나로는 부족하고 둘을 겹쳐 베는 사람들도 많이 있다.

야후에서 '왜 호텔 침대에는 베개가 여러 개인가?' 하는 설문조사에서 응답자 중에 가장 많은 대답은 '고급스럽게 보이기 위해서'였다.

# 15

# 다시 생각해 봐야 할 한국인의 배달문화

한국은 세계 어느 나라보다도 배달문화가 발달한 나라다.

일산에 있는 내 오피스텔에 가보면 배달해다 먹으라는 광고지 전단이 조금 보태서 수십 장씩 나뒹굴어 다닌다. 그것도 모자라서 외출했다가 돌아오면 음식점 명함이 문틈을 비집고 얼굴을 내민다.

세탁물 수거에 배달까지 모두 경쟁적으로 이뤄진다. 심지어 맥도날드까지 배달을 해주니 미국에서 온 사람들은 한국 배달문화에 혀를 내두를 지경이다.

그런데도 배달을 시켜먹는 사람들은 당연한 것으로 받아들이고 한국이 얼마나 살기에 편한 나라인지 자랑한다.

어른이 된 우리 아이들에게 한국에서는 맥도날드도 배달해 준다고 이야기해 주면 모두 깜짝 놀란다.

미국에서는 피자만 배달해 주는데 주로 학생들을 파트타임으로 일을 시키기 위한 차원에서 행하고 있다.

피자 배달 온 학생에게는 팁을 주게 되어 있어서 학생들의 부수입이 되기도 한다.

그러나 한국에서는 배달해 줬다고 해서 팁이 생기는 것도 아니고 배달하러 다니는 직원이 보수를 더 받는 것도 아니니 결국은 저임금 노동자 등골 빼먹는 격이다.

서울에서 친구 사무실에 들르면 어떤 때는 바쁘다면서 점심으로 자장면을 시켜 먹는다. 두 그릇을 시켜도 배달, 심지어 한 그릇을 시켜도 배달해 준다.

오클랜드에 있는 CPA 사무실에 들르면 점심이나 같이 먹자면서 걸어서 자장면집으로 간다. 미국에서는 배달이 안 되기 때문이다.

서울에서는 자장면이 6천 원인 데 비해 미국에서는 팁까지 합쳐서 1만 원은 줘야 한다. 한국에서는 6천 원에 배달까지 가능하지만 미국에서는 1만 원을 주고도 배달이라는 것은 아예 꿈도 꾸지 못한다.

일전에 한국 TV를 보았는데 맥도날드 배달에 관해서 고발하는 프로그램이었다. 같은 햄버거를 매장에서 먹을 때와 배달을 시켰을 때 가격이 다르다면서 소비자들에게 이 사실을 깨우쳐주면서 부당한 처사를 고발하는 앵커의 목소리가 격앙되어 있었다.

맥도날드에서 배달 햄버거는 정가보다 대략 1% 정도 더 받고 있었다. 한국 문화로 볼 때 매장에서 먹는 거와 배달시켜 먹는데 가격이 다르다는 것은 이해가 안 된다. 지금까지 자장면 시켜 먹으면서 배달료를 지급해 본 일이 없기 때문이다.

배달은 무료이고 팔기 싫으면 배달하지 말라는 배짱이니까. 그러나 미국 문화로 볼 때 배달료를 받는 것은 당연한 처사다. 배달 다니는 직원의 인건비가 있는데 어떻게 공짜로 배달해 주겠는가.

맥도날드가 배달영업을 받아들이기까지 고민도 많았겠지만, 배달료에 관해서도 고민한 흔적이 역력하다.

한국 배달문화를 고려하면 거저 배달해 줘야 하고 미국 문화를 고려하면 배달료를 첨부해야 하겠기에 양쪽 문화를 고려해서 어쩔 수 없이 1%만 받게 된 것 같다.

1%란 결국 안 받는 것과 유사한 수준이지만 맥도날드는 다국적 기업이어서 배달료를 받는다는 명분을 세우는 수준이다. 여기에 다국적 기업인 맥도날드의 경우 배달을 해 주는 국가가 25개국이나 된다.

25개국 경제 사정에 따라서 최소한의 주문은 다 다르다. 그러나 적으나마 배달료 적용은 다 하고 있다.

| 국가 | 배달료 | 최소한 주문 |
| --- | --- | --- |
| 오스트리아 | 4 파운드 | 8 파운드 |
| 오스트레일리아 | 5 달러 | 25 달러 |
| 일본 | 3.76 달러 | 18.80 달러 |
| 싱가포르 | 2.80 달러 | 8 달러 |
| 중국 | 1.27 달러 | 최소한 주문 없음 |
| 홍콩 | 1.55 달러 | 7.73 달러 |
| 인도 | 0.47 달러 | 최소한 주문 없음 |
| 타이완 | 1.18 달러 | 최소한 주문 없음 |
| 인도네시아 | 1.11 달러 | 2.29 달러 |

여기서 문제는 우리나라의 공짜 배달문화가 자랑할 만큼 성숙한 문화인가 하는 것이다. 값싼 노동력을 이용해 자신의 편의를 도모하는 행위가 과연 더불어 사는 민주시민으로서 올바른 처사인가?

달랑 자장면 한 그릇을 배달시켜 먹으면서 배달원의 인권은 아랑곳하지 않는 우리의 도덕성이 과연 한국인 본연의 마음 씀씀이인가?

6.25 전쟁 이전에는 집에서 장작을 때서 밥도 짓고 방도 데웠다. 싸전에서 쌀도 사고 장작도 샀다. 집으로 배달해 주는데 나의 어머니는 배달 온 지게꾼에게 떡이라든가 부침개 같은 먹을 것을 내주곤 했다.

전쟁 후의 일이다. 산동네에 살다 보니 물장사가 물을 지게로 배달해 주었다. 그때도 어머니는 배달 온 물장수에게 한술 뜨고 가라고 붙들던 모습이 생각난다.

우리 조상님들은 약자에게는 묻지 않고 배려해 주는 관습이 있었다. 당시 배려해 주던 관습을 현대식으로 해석하면 팁을 주는 문화다. 다시 말해서 우리 조상님들은 팁 문화를 숭상하고 있었다.

서구 문명이 일본을 통해 들어오면서 나쁜 것만 받아들였는데, 마누라는 때려야 한다느니, 군대에서 하급자들에게 얼차려를 주는 일들, 심지어 배달원을 아무렇게나 문전박대하는 것은 우리가 일본으로부터 잘못 받아들인 관습들이다.

자장면 배달원을 개떡같이 취급하는 버릇도 왜정 때 생겨난 일본식 관습 '약자를 괴롭히는' 데서 시작된 일이다.

서구의 팁 문화는 이미 16세기에 나타나고 있다. 당시에 팁은 내가 해야 할 일을 대신 해 주기 때문에 고마워서 맥주나 한잔 사 마시라고 주는 푼돈이다. 우리 조상님들이 배달이나 일을 거들어주는 사람에게 고마워서 먹을 것을 주는 것과 같은 의미다.

선진국 대열에 들어서는 우리로서는 몰상식한 일본문화는 버리고 올바른 서구문화를 직접 받아들여야 할 때가 되지 않았을까?

맥도날드에서 1%도 안 되는 배달료를 부과했다고 해서 항의할 게 아니라 오히려 자장면 배달원에게 단돈 오백 원이라도 팁을 주는 게 옳지 않을까?

본인이 직접 걸어가서 먹고 와야 하는 번거로움을 덜어주는 사람이 배달원이니 고마움을 표하는 것은 당연하다.

적은 팁을 주는 게 아깝다, 내지는 부당하다고 생각하기에는 한국은 너무 부자나라가 되어 있다.

영세 음식점을 운영하는 사람도, 자장면을 배달하는 사람도 하루에 8시간 노동하고 화이트칼라가 받는 급여만큼의 수입이 보장되어 모두 같이 즐길 수 있는 사회가 돼야 건전한 사회라고 말할 수 있다.

서구의 고급 음식점에서만 팁을 줄 게 아니라 음식 배달원에게 단돈 오백 원이라도 줘 보라. 당신의 팁핑 오백 원이 사회를 개혁시키는 시금석이 될 수도 있다.

# 16

# 야박한 미국 병원

처제가 폐암 선고를 받은 지도 벌써 1년 6개월이 지났다. 아내는 매일 전화로 안부를 묻는다. 어제 호스피스가 집에 왔었다고 했다.

처제는 소파에 앉아 있었다. 등을 기대지도 못하고 엉거주춤 앉아 있다. 나는 오래간만에 처제를 보았다.

두 손을 잡았다. 손이 따듯하다. 편하게 누워 있지 그러느냐고 했다. 누워 있으면 더 불편하다고 한다. 처제가 말하는 불편은 호흡을 말한다. 폐활량이 거의 바닥에 와 있다고 했다.

아파도 더는 병원에 갈 수 없다. 병원에 올 필요 없이 집에서 호스피스를 접하라고 했단다. 앞으로 병원에는 전화도 하지 말고 문제가 있으면 호스피스에게 연락하라고 했다.

병원에서 산소통도 수거해 갔다. 대신 호스피스에게서 새 산소통을 공급받았다. 현대 의학으로는 더 이상 치료는 없으니 집에서

운명을 맞으라는 것이다.

미국 병원은 참 야박하다. 옛날 아내가 첫 아이를 낳을 때도 그 랬다. 아이 낳고 삼 일 만에 퇴원하라고 했다. 하루만 더 있으면 안 되겠냐고 사정해 봤으나 거절당했다. 둘째부터는 이틀 만에 쫓 겨났다.

과학적으로 이틀이면 활동해도 된다고는 하지만, 우리의 정서로 는 매정하다는 느낌이 든다.

나는 평생 카이져 병원 보험금을 물고 살았지만 한 번도 큰 병치 레를 하지 않았다. 하지만 나이가 들면서 위내시경은 꼭 봐야 할 것 같아서 담당 의사에게 여러 번 문의했다. 그러나 번번이 거절당 했다. 이유는 간단하다. 미국에서는 위암 발병률이 0.1%밖에 안 된 다는 것이다.

나는 한국인이고 한국 음식만 먹고 있으므로 미국인의 통계수치 는 맞지 않는다고 설명해줘도 괜히 내시경을 보다가 의료 사고만 난다고 안 봐 준다. 과학적 근거라는 게 이렇게 엉뚱할 수도 있어 서 믿을 게 못 된다.

매정하기로는 죽어가는 사람에게도 마찬가지다. 미국에서는 모 든 문제에 과학이라는 잣대를 들이댄다. 과학은 증명된 사실을 말 한다. 과학에다가 토를 달면 변명밖에는 안 된다. 하지만 과학은 너무 냉정하다. 인간에 관한 문제를 과학으로만 풀려고 하면 어디 살벌해서 살겠는가.

어떻게 사람이 사리를 냉정하게만 판단할 수 있겠는가. 인간미라는 것도 있지 않은가.

병원 측의 냉혹한 처사를 미국인들은 이해하지만, 한국인은 이해하기 어렵다. 과학은 냉정하고 혹독하지만 실은 따지고 보면 실용주의다. 치료가 필요치 않은 사람이 병실을 차지하고 있을 수는 없다는 것이다.

가급적이면 통원치료를 시킨다. 집이 가장 편안한 휴식처이기 때문이란다. 한국과 미국 사이에 정서적 차이는 어쩔 수 없는 노릇이다.

호스피스가 처제에게 Emergency Medical Service Form을 쓰고 서명하라고 했다.

정신이 말똥말똥할 때 써야만 한다고 했다. 남편이 서류를 받아들고 대신 작성하려고 보았더니 좀 심각한 물음들이 있어서 함부로 체크할 문제가 아니다.

"위기상황이 닥쳐오면 심폐소생술을 할 것이냐, 말 것이냐?"

"식물인간으로 빠져들어 가게 되면 산소호흡기를 부착할 것이냐, 말 것이냐?"

이런 것들을 죽어가는 사람에게 결정하고 작성하라고 내미니 옆에서 보기에도 민망하고 빨리 눈감아 달라고 채근하는 것 같아서 참 딱하다.

본인이 직접 선택한다는 그럴듯한 의미도 있지만, 알고 보면 주변 사람들이 법적 책임을 회피하려는 측면도 있다. 죽는 것도 디지털 시대는 다르다.

아날로그 시대와는 달라서 죽는 것도 모두 까발려야 하는 게 디지털 시대다. 그것도 죽어가는 사람이 직접 까발려야 한다.

사람이 태어나고 죽는 것만큼은 자기 마음대로 할 수 없는 일이다. 하물며 나는 이렇게 죽겠다고 서명까지 하면서 떠들어댈 필요가 있겠는가.

디지털 시대를 가리켜 살기 좋은 시대라고들 말한다. 그러나 꼭 그런 것만도 아니다.

사람은 까발리지 않고 죽음으로서 더 아름다울 때가 있다. 그리고 나는 나의 죽음에 대해서 까발리고 싶지 않다.

내가 태어날 때 모든 것을 어머니와 어른들에게 맡겼듯이, 죽을 때도 모든 것은 아내와 아이들에게 맡기고 싶다.

'다른 사람들은 나의 건강만을 사랑하지마는/ 당신은 나의 죽음도 사랑하는 까닭입니다'

한용운의 '사랑하는 까닭'에서처럼.

# 17

## 즐거운 고민, 행복한 고민

미국에서 사는 교포들은 공통된 즐거운 고민거리가 있다. 요즘처럼 학생들 방학시즌이면 즐거운 고민은 더욱 많아진다. 한국에 있는 친지분들이 미국에 오고 싶어 하기 때문이다.

멀리서 보고 싶던 친척들이 아이들을 데리고 오겠다는데 얼마나 좋은 일이겠는가. 그러나 이번 여름방학에는 동생네가 오고 싶다 하고, 다음 겨울방학에는 시누이네가 오고 싶다고 한다. 친구네 가족들도 오겠다 하고….

미국에 사는 교포들은 이렇듯 한국에서 방문하겠다는 사람이 많아서 고민이다. 오고 싶다는 사람 오지 말라고 할 수도 없고, 아무튼 한국에서 누가 오겠다고 하면 그때부터 즐거운 고민은 시작된다. 이런 고민은 어디다가 터놓고 말할 수도 없는 고민이다.

부부만 오거나 아이들과 같이 오거나 한번 오면 비행기삯 아깝다고 한 달 체류는 기본이다. 아이들만 오겠다면 이건 더 큰 고민거리다.

작은애는 유치원짜리부터 큰애들은 중·고등학생인 경우도 있다. 어떤 경우에는 아직 한 번도 만나 보지도 못해서 얼굴도 모르는 아이들도 있다.

사실 집에 오겠다는 손님을 놓고 야속하게 뭐 그런 생각을 하느냐 할지도 모르겠으나 미국에서 손님 치르는 것은 한국과 달라서 고민하지 않을 수 없다.

한국에서야 손님이 집에 오면 좋은 일이다. 자기 나라이니까 손님도 자신이 하고 싶은 대로 들락날락하다가 저녁에 같이 식사하고 즐거운 이야기만 나누면 된다.

그러나 미국에 온 손님은 남의 나라이니까 우선 동서남북 구별이 안 된다. 방향감각도 잃고, 시간도 다르고, 말도 안 통하고, 걸어서 밖에 나갈 수도 없고, 결국 한 달이면 한 달 꼬박 집 안에 있어야만 하니 지켜보고 있는 사람은 더 답답하고 안쓰럽다.

교포들은 거의 다 부부가 직장에 나간다. 주부가 직장에 다니면서 손님 아침저녁 챙겨주는 것도 쉬운 일이 아니다, 메뉴를 어떻게 꾸며 나가야 할지 정말 고민하지 않을 수 없다.

더군다나 미국에 오신 손님들에게는 손과 발이 되어 주어야 하고, 눈과 귀도 되어 주어야 하는데 시간을 낼 수 없으니 더 미칠 노릇이다.

주말에 어디를 데리고 가야 할지, 어디를 보여 줘야 할지, 멀리 관광을 시켜 드리려면 비용도 만만치 않을 텐데 이런저런 생각에

선잠을 깰 때도 잦다.

과부 사정 과부가 안다고 교포들끼리는 통하는 데가 있어서 서로 사정을 털어놓다 보면 말 못할 속사정들이 터져나온다.

"성의를 다해서 여기저기 데려다주고, 끼니때마다 음식 대접해드려도 나중에 별로 고마워하지 않더군요, 섭섭하단 얘기 안 들으면 다행입니다."

"지난 여름에 동생네 식구들이 왔는데 갑자기 예고도 없이 친구네 식구가 온 거예요. 세 가족이 3주를 같이 지내는데 의견 차이도 있고, 애들은 서로 싸우고, 여행을 가도 고생만 하고, 정말 힘들었습니다. 돈은 돈대로 표시도 안 나게 쓰게 되고, 암튼 미국 와서 사는 덕분에 해마다 손님 잘 치릅니다. 돌아가서 잘 지냈다고 메일 한 통 받으면 그걸로 그만입니다."

"밥만 챙겨주면 다행이지요, 관광까지 시켜줘야 하고, 가는 곳마다 입장료는 당연히 내줘야 하고, 매번 외식도 만만치가 않았습니다."

"우리는 한 달에 한 번 정도는 한국에서 손님이 오시는 편입니다. 적게는 두 명, 결혼식 때는 20명도 온 일이 있지요. 일일이 다 해줄 수는 없어도 성의껏 하고 있습니다. 손님과 온 식구가 외식할 때에는 마이너스가 날 때도 있지만, 친척들이 기뻐하는 얼굴을 본다는 즐거움으로 상쇄하지요. 생각해 보세요, 친척들이 나를 보러 멀리서 미국까지 왔다는 것을…"

누구든지 한국에서 친척이 온다고 하면 처음에는 부담스럽다. 그러나 막상 닥치면 다 해내게 된다. 보내고 나서 좀 더 잘해 줄걸 하고 아쉬워하는 사람도 있고, 어떤 사람은 배웅한 순간부터 속이 시원한 사람도 있다.

각자의 경험은 다양하다. 그러나 한 가지 공통점은 모두 즐거운 고민 속에 추억으로 남겨져 있다는 점이다.

교포들이 이야기하는 행복한 고민거리를 듣다가 나의 옛일을 떠올려 본다. 그때도 한국에서 누가 오겠다고 하면 즐겁기도 하고 부담스럽기도 했다.

한국에서 오시는 분 왕복 비행기표도 사드려야 하고, 일일이 모시고 다니면서 관광도 시켜드려야 하고, 한국으로 돌아가실 때는 친척들 선물까지 챙겨서 한 보따리 보내드려야 했다. 미국 갔다 오면서 선물 없으면 안 되던 시절이었으니까.

당시로서는 많이 부담스럽기도 했지만 그래도 젊었던 그때가 좋았던 것 같다.

친인척들이 줄줄이 찾아오는 것은 당신이 젊기 때문이다. 그리고 당신이 겪고 있는 고민은 '행복한 고민'이라는 것을 알았으면 한다.

오래 살면서 나이만 들다 보니 다녀갈 사람들은 다 다녀갔다. 나도 젊은 교포들처럼 기다림 속에서 '행복한 고민' 같은 꿈이 있었으면 좋겠다.

# 18

# 한번 나라 망신은 영원한 나라 망신

딸의 그림이 〈뉴욕 타임스〉에 실렸다는 전화를 받고 스타벅스에 들러 신문을 들춰보다가 국립공원에 낙서가 급격히 증가하고 있다는 기사를 보게 되었다.

국립공원 낙서 하면 엘모로 천연기념물(El Morro National Monument) 낙서사건이 단골메뉴처럼 본보기로 기사화되고 있다.

엘모로 천연기념물 공원 홈페이지에 들어가 보면 국립공원 뉴스난에 다음과 같은 글이 실려 있다.

2012년 4월 23일 월요일.

3월 21일 뉴멕시코 대학에 재학 중인 두 한국 교환학생이 고고학적 유적지를 더럽힌 데 대한 유죄판결이 내려졌다.

2011년 10월 13일 공원 근무자가 절벽으로 되어 있는 모래 바위에 개척자들이 자신의 이름을 파놓은 유적물 틈에 불법적으로 'Super

Duper Dana'와 'Gabriel'이란 이름을 새겨놓은 것을 발견했다.

공원 관리인은 그날 공원 방문객 명단을 뒤지다가 한국인 '다나 최'라는 이름을 찾아냈다. 페이스 북을 통해 '다나 최'를 찾아냈고 12월 2일 범죄자로 고발함으로써 구속됐다.

두 학생은 범죄 사실을 인정하고 형 집행 전 합의로 유물을 원상복구하는 데 드는 경비 3천3백만 원($30,000)을 지급하고 석방됐다.

공원 홈페이지에 실려 있는 이 기사는 우리에게 의미하는 바크다.

유적이나 기념물을 훼손하는 낙서가 날로 늘어나는 것을 막기 위한 경고다.

애리조나 사와로 국립공원의 거대한 선인장에 스프레이로 낙서를 해 놓았다. 150년도 넘은 사와로 선인장들이 지난 한 달 동안 적어도 45건이 넘는 스프레이 훼손이 발견됐다. 어떤 선인장은 아예 잘려버린 예도 있다.

최근에는 스프레이 낙서가 롤로라도 로키 마운틴 국립공원, 유타 주의 아치 국립공원, 캘리포니아의 조슈아 트리 국립공원에 이르기까지 급속도로 퍼져가고 있다.

스프레이 낙서꾼들은 오래된 암벽 조각이나 잘 알려진 희귀한 바위에 낙서해 놓고 자랑스러워하기도 한다. 귀중한 표본 식물을 잘라버리거나 수정결정체를 동강 내기도 하고, 수정처럼 맑은 개울에 쓰레기를 아무렇지도 않게 버린다.

이러한 행위는 거의 다 미국인들이 저지르는 짓이다. 그런데도 불구하고 한국 유학생의 사건이 주목받는 이유는 사건 전모가 극명하게 드러났고 외국인이 저지른 사건은 은연중에 애국심을 자극해서 극적인 효과로 나타나기 때문이다.

이러한 극적 효과는 한국에서도 종종 벌어지고 있다. 이태원에서 외국인이 저지른 사건이라든가 중국 노동자가 일으킨 사건을 심도 있게 보도하는 것도 이러한 명목에서다.

미국은 구대륙과는 달리 역사가 매우 짧은 나라다. 그러다 보니 적은 유산이 더욱 귀중하다. 뉴멕시코 사막지대에 있는 '엘모로 국립천연기념물'에 새겨진 조각물이나 이름은 1605년에 새겨진 글로 가장 오래된 명문이다.

'엘모로'는 부드러운 사암으로 된 바위산이다. 역사적인 글이 새겨지기 이전에 이곳에서 살고 있던 인디언들이 그림을 그려놓던 바위다.

신대륙으로 건너온 백인들이 서부로 이동하면서 거쳐야 하는 길목이 '엘모로'다.

역마차 대열이 이곳에서 잠시 쉬게 되면서 고달픔과 지친 삶의 흔적을 남긴 사적지가 바로 '엘모로'다.

1906년 국립천연기념물로 지정되면서 공원법에 의거해 낙서를 하거나 훼손할 경우 초범자에게 2만 달러의 벌금과 2년 이하의 징역에 처할 수 있다.

뉴멕시코 대학에 재학 중인 미즈 최와 다른 학생 오 모 씨는 자신들의 페이스 북에 방문 글을 올리기도 했다. 후일 법정에 불려나온 두 사람은 영어로 쓰여 있는 '낙서금지' 경고문을 잘못 이해했다고 진술했다. 그 바람에 네티즌들로부터 "그러면 낙서해도 좋다는 경고문"이었느냐며 빈축을 사기도 했다.

여기서 우리는 배울 점이 있는데 외국에서 저지른 사건은 오래도록 지워지지 않고 남는다는 사실이다. 그와 유사한 사건이 벌어질 때마다 한 예로써 우려먹는다는 것을 알아야 한다.

그리고 지금은 글로벌 시대가 돼서 세계인이 서로 소통하며 마음을 공유하는 시대다. 저 사람들은 나와 다르니 이해도 다를 것으로 생각했다가는 큰코다칠 수 있다.

# 19

# 알고나 먹자 행운의 '포춘 쿠키'

미국에서뿐만 아니라 영국, 멕시코, 이탈리아, 프랑스 등 여러 나라에 있는 중국 식당에서 식사를 하고 나면 음식값 청구서와 함께 행운의 과자 '포춘 쿠키'(fortune cookie)가 후식으로 제공된다.

'포춘 쿠키'는 원래 일본 센 베 과자다. 손바닥 반만 한 크기의 납작한 과자를 속에 공기가 들어 있는 상태에서 만두 빚듯 반을 접고, 배가 부른 반원의 양쪽 모서리가 서로 닿도록 접으면 마치 속이 빈 만두 모양이 된다.

1900년대 초, 샌프란시스코에서 살던 중국인들이 과자 속에 작은 글귀를 넣어 식사 후에 후식으로 손님들에게 제공하기 시작했다. 손님들은 과자 속의 글귀에 적혀 있는 코믹한 유머를 읽어보고 미소 짓는다. 보통 '가짜 지혜'라든가 '애매한 예언' 같은 문구가 적혀 있어서 이를 읽어본 손님들이 잠깐이나마 웃고 지나가는 이벤트이다.

아이러니하게도 '포춘 쿠키'는 샌프란시스코에서 태어나 전 세계로 퍼져 나갔기 때문에 실제로 중국 본토에는 없는 식당 문화다. 중국 식당에서 벌어지고 있는 순수한 미국 문화이다.

'포춘 쿠키' 속에 들어 있는 글귀들은 대부분이 농담이거나, 행운이 온다거나, 애인이 생긴다거나 하는 식의 짧은 멘트이다.

그러나 브라질에서는 글귀와 함께 행운의 로또 번호라고 하면서 6자리 번호를 적어 놓기도 한다. 2004년에 벌어진 일이기는 해도 다수의 사람이 '포춘 쿠키'에서 나온 번호를 기재했다가 공교롭게도 로또에 당첨된 사건이 실제로 벌어지기도 했다. 그래서 지금은 '럭키 넘버'라는 명분으로 이런저런 번호가 적혀 있는 '포춘 쿠키'도 많이 있다.

미국에서 유통되고 있는 '포춘 쿠키'의 대부분은 샌프란시스코 '금문 포춘 쿠키' 공장에서 만든다. 주문제작도 받아주는데, 예를 들어 "당신은 오늘 귀한 사람을 만날 것이며 그와 반드시 결혼하시요"라고 쓰인 글귀를 '포춘 쿠키' 속에 넣어주는 것이다. 주문 제작된 '포춘 쿠키'를 주인과 미리 짜고 저녁 식사 후에 애인에게 전달하도록 하는 프러포즈 이벤트를 벌이는 것이다.

'포춘 쿠키'가 탄생하게 된 것은 1894년 샌프란시스코 골든게이트 공원에서 열린 '겨울 국제박람회'에서였다. 시에서는 박람회를 위하여 '일본 정원'을 꾸미기로 하고 마코토 하지와라 씨를 고용했다. 하지와라 씨는 일본 정원을 만들고 바위와 대나무 울타리를 친 찻집도 지었다.

찻집에서는 하지와라 씨 부인과 딸이 차를 대접했다. 차만 대접하기에는 너무 밋밋한 것 같아서 센 베 과자를 같이 서브하게 되었는데 이것이 행운의 과자 '포춘 쿠키'의 효시가 되었다.

하지와라 씨는 '일본 정원'을 지은 다음 더 나은 삶을 찾아 떠나지 않고 그곳에 머물면서 정원을 관리하고 발전시켜 나갔다.

지금은 골든게이트 공원 안에 작은 명소로 자리 잡고 있으면서 입장료도 받는 훌륭한 '일본 정원'으로 탈바꿈하였으며 찻집도 여전하다.

찻집에서는 센 차(original green tea) 한 잔과 과자 세트를 내준다. 물론 글귀가 적혀있는 행운의 과자 '포춘 쿠키'도 하나 준다.

그러나 이곳에서는 행운의 과자(fortune cookie)라고 부르지 않고 쌀 과자(rice cracker)라고 부른다. 같은 과자를 놓고 중국인들은 '행운의 쿠키'라고 부르고 일본인들은 '쌀 크래커'라고 부르는 데는 이유가 있다.

1918년 LA에 있는 '홍콩국수상사' 사장 중국인 데이비드 정(David Jung) 씨는 '포춘 쿠키'의 기득권을 주장하며 자신의 이름으로 등록하려고 법원에 제반 서류를 제출했다.

LA 다운타운에 '작은 도쿄'를 만든 일본인 시이치기도(Seichikito) 씨 역시 '포춘 쿠키' 특허권을 신청했다. 매우 긴 법정투쟁 끝에

1983년 연방법원은 샌프란시스코에 거주하는 마코토 하지와라 씨 손녀의 손을 들어 줬다.

# 20

# 얼마나 많은 복을 받고 태어났는지 알지 못하는 한국인들

인간에게는 오감이라고 하는 게 있어서 희로애락을 느낀다. 보고, 듣고, 먹고, 냄새 맡고, 만져보고 느끼는 것이다. 그중에 네 가지는 스스로 절제할 수가 있다. 보기 싫으면 눈을 감고 안 보면 그만이다. 듣기 싫으면 귀를 막고 있으면 된다.

먹기 싫으면 안 먹으면 되고, 느끼기 싫으면 만지지 않으면 그만이다. 그러나 후각 즉 냄새 맡는 것만큼은 스스로 제어할 수 없다. 냄새를 맡지 않으려고 코를 막고 있다가는 숨이 막혀 죽을 테니 말이다. 싫든 좋든 냄새는 맡아야만 한다.

냄새는 우리에게 즐거움을 주기도 하지만 불쾌감을 주기도 한다. 꽃향기 같은 그윽한 냄새가 있는가 하면 발 고린내처럼 역겨운 냄새도 있다.

갓난아기한테서는 특유의 아기 냄새가 나고 젖 먹이는 아기 엄

마한테서는 모유 냄새도 난다. 홀아비 냄새도 있고 노인 냄새도
있다.

나는 때때로 그리운 어머니의 냄새가 생각날 때가 있다. 할머니
도 그랬고 어머니도 그랬다. 새벽에 일어나시면 제일 먼저 면경을
펴 놓고 머리를 빗으셨다. 머리를 곱게 빗으시고 쪽을 지은 다음에
야 방문을 열고 나가셨다.

옛날에는 샤워시설이 없었으니 지금처럼 샤워를 해댈 수는 없었
다. 긴 머리도 자주 감는 편이 아니어서 대신 참빗으로 여러 번 빗
어서 먼지며 이, 서캐 같은 이물질을 걸러내는 방식이었다.

자주 감지 못한 머리에서 나는 은은한 냄새가 있었는데 그게 어
머니의 냄새라고 생각한다. 어머니의 냄새는 머리에서만 나는 게
아니었고 적삼에 얼굴을 대고 있으면 흐릿한 땀 냄새 같은 게 있었
는데 과히 싫지 않고 오히려 훈훈한 느낌이었다.

냄새는 사람을 생각나게도 하고, 냄새는 추억을 떠올리게도 하
고, 냄새는 입맛을 돋우어 주기도 한다.

어느 나라나 고기로 요리하는 방법은 다양하고 고기로 만든 음
식은 맛도, 냄새도 최고에 속한다. 그중에서도 한국 갈비 굽는 냄
새를 따라올 요리는 세계 어디에도 없다.

갈비 굽는 냄새는 멀리까지 퍼져나가는 힘이 있어서 길을 가다
가도 이 근처에서 갈비를 굽고 있구나 하는 것을 금방 알 수 있다.

냄새 또한 희한하게 좋아서 군침이 저절로 넘어간다. 내가 한국
인이어서 갈비 굽는 냄새가 좋은 게 아니라 미국인들도 다 좋아

한다.

오죽하면 '봉이 김선달'이 갈비 굽는 냄새를 반찬 삼아 밥 한 그릇을 꿀꺽 비울 수 있었겠는가. 그 옛날이나 지금이나 냄새는 변함없고 냄새 맡는 것도 거저다.

오감 중에 상업화가 가장 덜 이뤄져 있는 게 후각이다. 갈비 굽는 냄새나, 꽃향기, 향수, 기억하고 싶은 애인의 냄새같이 개인이 선호하는 냄새를 작은 용기에 저장했다가 언제든지 맡을 수 있는 기술이 개발된다면 히트상품이 될 것 같다. 스프레이를 뿌리면 내가 선호하는 냄새가 나게 한다면 말이다.

또는 집안 이곳저곳에서 향기가 퍼지면 어떨까? 딸 방문을 열면 라일락 향기가, 안방 문을 열면 재스민 향기가, 부엌에 들어서면 커피 향이 퍼진다면? 상상만 해도 꿈의 세계 같은 생각이 든다.

냄새는 우리를 상쾌하게도 하지만 불쾌하게도 한다. 어떤 식물은 냄새로 곤충을 쫓아버리기도 하고, 어떤 식물은 향기로 곤충을 유혹하기도 한다.

냄새는 그럴 만한 위력을 지니고 있다. 여자들의 화장품 냄새도 싫지 않은 냄새에 속하니 자신을 싫어하지 말아 달라는 무언의 표현이기도 하다.

밤에 풍기는 여자 냄새를 싫어하는 남자는 없을 것이다. 옛날 기생들은 앞가슴에 사향을 숨겨놓고 은근히 냄새를 풍김으로써 남정네를 유혹했다고 하지 않던가?

남자로부터 사랑받고 싶어 하는 여자의 마음은 사대부 집 규수들도 다를 게 없었다. 고급스러운 골동품 비녀에 사향 망이 있는 걸 보면 지체 높은 여인들도 사향 냄새를 활용했음을 알 수 있다.

이런저런 게 다 사람 사는 냄새가 아니던가? 그런가 하면 마늘 먹은 사람이 하는 트림이라든가 술 취한 사람이 풍기는 냄새는 정말 맡기 싫은 냄새 중의 하나다.

예전에 나 자신이 담배 피울 때는 담배 냄새가 난다는 걸 몰랐다. 담배를 끊고 얼마 후에 담배 피우는 사람과 한 방에서 이야기를 나누는데 정말 담배 냄새가 지독하게 나는 걸 알 수 있었다.

냄새 풍기는 사람과 대화를 하고 나면 그가 자리를 뜨는 순간 냄새로부터 해방된 기분을 느끼곤 한다.

사람한테서 풍기는 냄새 중에 가장 골칫거리는 '암내'다. 액취증, 땀 악취증 또는 취한증(Bromidrosis)을 가지고 있는 사람한테서 나는 냄새인데 주변 사람들을 불쾌하게 만든다.

주로 겨드랑이에서 나는 땀이 박테리아와 의기투합해서 발생하는 냄새인데 자신은 인식하지 못하는 사이에 주변 사람들은 금세 냄새를 맡게 된다.

주로 땀 많이 흘리는 여름철에 발생하여 당사자는 물론이요 이웃들을 괴롭히는 악동이다. 특히 미국인들에게는 흔해서 백인의 80%, 흑인의 90%에서 많게 혹은 적게 암내가 난다는 통계가 나와 있다.

매일같이 샤워를 해도 오후가 되면 냄새가 나서 저녁에는 애인을 위해 또다시 샤워해야만 한다. 더운 기후 속에서 살고 있는 동남아인에게서도 암내는 흔하게 있다.

다행스럽게도 한국인에게서는 10% 미만이 암내가 있다고 한다. 그뿐인가 한국인의 피부는 탄력도 있고, 보드랍고, 짐승 같은 털도 많지 않은 편이다.

안타깝게도 한국인들은 자신이 얼마나 복 받고 태어난 사람이라는 사실을 잘 모르고 살아가고 있다. 지구상에 노른자위 땅에서 살고 있으면서 복은 복대로 받고 태어난 사람이라는 사실을 국제화된 지금쯤은 인식해 주었으면 좋겠다.

# 21

# 행운을 가져온다는 2달러짜리 지폐

언제부터였던가 내가 2달러짜리 지폐를 두 장이나 지녀온 지가?

어디서 생겼는지 기억도 없지만 30년도 넘게 고이 간직하고 있다. 가치가 있다거나 유망해질 것 같아서 간직하고 있는 것은 아니다. 2달러짜리 지폐를 간직하고 있으면 행운이 온다고 하기에 차곡차곡 접어 고이 넣어두고 있다.

미국인들은 행운의 부적이라 믿어 웬만하면 사용하려 들지 않기 때문에 시중에서는 거의 유통되지 않고 있다. 부적과 같은 역할을 한다는 말을 들은 게 발단이 돼서 지금껏 간직하고 있다.

그러면 정말 행운을 가져다주더냐? 글쎄, 행운을 받은 것도 같고, 안 받은 것도 같아 꼬집어 말할 수는 없다. 로또에 한 번도 당첨되어 본 일이 없으니 행운이 없었다고 할 수도 있고, 건강하게 잘 살고 있으니 행운이 있었다고 할 수도 있다. 어찌 되었건 2달러짜리 지폐는 앞으로도 계속해서 지니고 있을 생각이다.

2달러짜리 지폐에는 미국의 제3대 대통령인 토머스 제퍼슨의 초상이 그려져 있다. 제퍼슨 대통령은 미국을 건국하는 데 공이 많은 인물이기도 하지만 루이지아나 주를 프랑스로부터 1,500만 달러를 주고 사들여 국익에 지대한 행운을 가져오게 한 인물이다.

그래서 사람들이 2달러짜리 지폐를 지니고 있으면 행운이 온다고 했는지도 모를 일이다.

미국 화폐는 십진법을 쓰고 있는데 엉뚱하게 2달러가 뭔지 고개가 갸우뚱해진다.

2달러짜리 지폐가 처음 발행된 게 1862년 3월이다. 지금도 그렇지만 당시에도 1달러짜리 지폐가 가장 많이 유통되었다. 1달러짜리 지폐를 잔뜩 들고 다니기 불편하니까 2달러짜리 지폐를 만들어 부피를 반으로 줄여 주려는 목적에서 발행했다.

그런데 이것이 또 장점도 있지만 단점도 있어서 1966년 2달러짜리 지폐 발행을 중단했다. 10년 후인 1976년 다시 발권했는데 이유는 1달러짜리 지폐를 발권하는 것보다 경비가 적게 들기 때문이었다. 새로 발권하면서 디자인도 새롭게 해서 그때부터 토머스 제퍼슨의 초상을 넣었다.

아무튼, 지금도 사용하는 지폐이기는 하지만 벤딩 머신이나 전철 표를 파는 자동판매기에서는 2달러짜리 지폐를 인식하지 못한다. 은행에서 쓰고 있는 돈 세는 머신 역시 거부하기 때문에 은행에서는 2달러짜리 지폐는 거둬들이고 있는 실정이다.

불편한 면이 있는가 하면 편한 면도 있어서 정부에서는 계속해서 발행하고 있다.

1976년에 5억9천만 장, 1996년에 1억5천만 장, 2003년에 1억2천만 장 그리고 2012년에 5천만 장을 찍어 냈다.

2달러짜리 지폐를 활용하는 경우도 있는데 1989년 유타 주에 있는 제네바 철강 회사에서는 지역경제 활성화를 위해서 직원들 보너스를 2달러짜리 지폐로 지급했다.

특히 팁을 받는 입장에서는 2달러짜리 지폐를 환영한다. 브래지어나 팬티만 걸치고 춤추는 무희가 있는 술집에서는 손님들에게 2달러짜리 지폐로 바꿔주면서 무희에게 팁은 2달러짜리로 주게 유도한다.

어떤 사람은 2달러짜리 지폐를 받으면 재수없다고 말한다. 그래서 곧바로 써 버리는데 지폐의 귀퉁이를 조금 잘라 버리고 사용하면 재수를 지킬 수 있다는 속설 때문에 지폐는 지폐대로 수난을 겪고 있다. 지폐의 귀퉁이가 잘려나간 2달러 지폐를 받았다면 그것은 누군가의 재수를 지켜주려는 고육지책이었음을 이해해 줘야 한다.

유통되고 있는 미국 돈은 7종이 있는데 $1, $2, $5, $10, $20, $50 그리고 $100짜리이다.

가장 많이 유통되는 지폐가 $1짜리 지폐이고, 두 번째가 $100짜리이다. 그리고 세 번째가 $20짜리다.

그뿐만이 아니라 1860년 미국 정부에서 $500, $1,000, $5,000. $10,000짜리 지폐도 발행했다. 가장 높은 단위의 정부발행 지폐는 $100,000(한화 1억1천만 원)짜리이다.

지난 150년 동안 수차례에 걸쳐 큰 금액의 지폐를 발행했지만 거의 다 거둬들였다. 2009년 집계에 의하면 시중에 남아 있는 지폐는 $10,000짜리 지폐가 336장, $5,000짜리 지폐가 342장, $1,000짜리 지폐가 165,372장이 유통되고 있다.

뱅크 오브 아메리카 출납계에서 35년간 예금만 취급하다가 은퇴한 '이레인'의 증언에 의하면, 25년 전쯤만 해도 가끔 상인들이 입금할 때 $500짜리나 $1,000짜리 지폐가 눈에 띄었으나 근래에는 어디로 사라졌는지 볼 수 없다고 한다.

나는 뱅크 오브 아메리카에 직접 가서 매니저를 불러 $1,000짜리 지폐를 구입할 수 없겠느냐고 문의해 보았다. 매니저로 10년을 근무했어도 아직 한 번도 본 일이 없다고 한다. 그만큼 고액권 지폐는 귀해서 지니고 있을 만한 가치가 있다.

# 22

# 캘리포니아 일식집 주인은 모두 한국인

 

캘리포니아는 미국을 대표하는 주 중의 하나이다. 캘리포니아에서 이렇다 하면 미국인은 이렇다는 이야기와 다를 바 없다.

전국적으로 발행되는 〈The Industry's Trade Publication〉에 의하면 '손톱 산업(The nail industry)'은 베트남 여성들이 85%를 차지하고 있다.

베트남 난민들이 캘리포니아에 정착하면서 자본도 없고, 언어도 통하지 않고 그렇다고 힘센 노동력이 있는 것도 아니어서 새로운 길을 모색하다가 찾아낸 직업이 손톱 산업 분야이다.

베트남인들은 손톱미용학교를 차려놓고 적극적으로 기술자를 양성하고, 면허취득을 알선해 가면서 미국 중산층을 파고들어 붐을 일으켰다.

원래는 미국인들 중에 부자들이나 할리우드 스타들만이 손톱미용을 즐겼었는데 베트남인들이 '손톱살롱'을 널리 보급하면서 서민들도 감내할 만한 가격으로 낮춰놨기 때문에 붐이 일어나게 되었다.

1970년대만 해도 손톱 미용 서비스를 받으려면 60달러 이상을 줘야만 했다. 그러나 베트남 난민들이 저임금을 감수하면서 서비스 가격이 내려가 지금은 15달러 밑으로 떨어졌다. 이 정도 가격이면 서민들 누구나 부담 없이 손톱 미용을 받을 수 있다.

요즈음은 발톱 미용도 덩달아 유행이 됐다. 캘리포니아에서 쇼핑센터나 거리 어디를 가도 '손톱살롱' 없는 곳이 없을 정도로 널리 퍼져 있으며 모두 베트남 여성이 주인이라고 보면 틀림없다. 그와 반면에 미국에서 세탁소는 한국인들이 석권했다고 해도 과언이 아니다.

원래 세탁소는 중국인들이 많이 운영해 왔으나 차츰차츰 한국인들이 인수해 가면서 지금은 거의 다 한국인들이 차지하고 말았다.

안창호 선생의 부인 이혜련 여사도 LA에서 세탁소를 운영했다고 하니 한인 세탁소 역사가 꽤 오래됐다.

한국인 이민자들이 세탁소를 선호하는 이유는 특별히 영어를 못해도 운영에 지장이 없고 일주일 중에 일요일은 문을 닫고 쉴 수 있다는 점에 매력이 있기 때문이다.

새로 이민 와서 영어를 잘 못하는 사람들로 민족마다 종사하는 업종이 따로 있는데 멕시코인들은 농사일과 정원사 일을 도맡아서 하고 있다. 인도 사람들은 싸구려 모텔을 많이 운영하고 있고, 중국인들은 중국 식당 개업하는 걸 갈망하고 있는데 요즈음은 중국 음식 뷔페가 엄청 많이 생겨났다.

새롭게 늘어가고 있는 비즈니스 중에 '마사지 센터'라는 게 있다. 오래전부터 '마사지 팔러'라고 해서 마사지 받는 곳이 있었는데 주로 남자들이 돈 많이 주고 좋지 않은 염문을 일으켜 사회적 비판을 받아 왔다. 가끔 신문에 실리는 기사를 보면 '마사지 팔러'에서 성매매 하던 여성들을 체포했는데 그중에 한국 여성이 끼어 있다는 안 좋은 뉴스를 접하는 때도 있었다.

그러나 이번에 등장한 새로운 '마사지 센터'는 예전 '마사지 팔러'와는 전혀 다른 비즈니스다.

중국을 여행하다 보면 저렴한 가격에 발 마사지를 위시해서 전신 마사지를 즐겨 본 경험이 있을 것이다. 미국에서도 이와 같은 서비스를 받을 수 있게 운영하고 있다.

주로 영어를 잘 못하는 중국 여자들이 운영하는데 마사지를 받는 손님이 미국인 남자보다는 여자가 더 많은 게 특징이다. 부담 없는 가격표를 붙여놓고 질 높은 서비스를 제공하다보니 서민들도 마음 놓고 마사지를 받을 수 있고 더군다나 여자들이 더욱 즐기는 편이다.

마사지사의 숙련된 솜씨가 손님을 유혹하기에 충분해서 한번 다녀간 손님이 다시 찾는 비결이다.

베트남인들이 손톱 산업 대중화에 성공했듯이 마사지는 중국 이민자들이 대중화시켜 나갈 조짐이다.

어제 저녁 '엘레판트 바(Elephant Bar)' 레스토랑에서 저녁을 먹었는데 식사 전에 나온 애피타이저가 새로워 보였다.

우리네 보쌈 같은 건데 양상추에 불에 볶은 잘게 썬 닭고기와 잘게 부순 호두, 코코넛을 구워 썬 것과 과일 샐러드를 얹고 타이 소스를 친 다음 싸서 먹는데 맛이 훌륭했다.

가족 단위로 즐길 수 있는 미국식 레스토랑인데도 초밥을 비롯해서 일식과 중식이 고루 갖춰져 있으나 한식 메뉴는 없었다.

중국 뷔페식 레스토랑에도 초밥과 일본 음식은 빠짐없이 차려져 있으나 한식은 없다.

오래전부터 '한식 세계화'라는 구호는 많이 들어 왔는데 실제로 한식은 세계화되지 못하고 중식과 일식만 세계화되어 있다.

중국 음식은 중국인이 세계 곳곳에 많이 흩어져 살고 있고 중국인들의 소망은 중국 식당 여는 게 소원이니까 구태여 중국 정부에서 손을 쓰지 않아도 자연스럽게 세계화가 되었다.

그러면 일본 음식은 일본인들이 세계화하고 있는 걸까? 대답은 아니오이다.

일본인들은 미국에 이민 오지 않는다. 이민을 오기 싫어서가 아니라 1907년 '신사협정'에 의해서 일본 정부는 미국에 이민을 금지하겠다고 약속했다.

지금 미국에 살고 있는 일본인들은 4세나 5세들이다. 그들은 이미 미국화되어 있어서 일본 식당을 개업하는 데 관심이 없다.

그런데도 일식이 세계화되는 까닭은 한국인들이 세계화해 주고 있기 때문이다.

얼마 전에 패서디나에서 사는 딸네 가족과 저녁을 먹으러 나갔다. 지척을 두고 일식집이 세 곳이나 있었다. 주인은 모두 한국인이었다. 손님이 많아서 번호표를 들고 밖에서 한 시간을 기다린 다음에야 자리에 앉을 수 있었다. 그만큼 영업이 잘된다는 것이다.

샌프란시스코에도 많은 일식집이 있지만 모두 한국인이 운영하는 일식집이다. 심지어 차팬 타운에 있는 일식집까지도 한두 집 빼놓고는 모두 한국인이 주인이다.

영국 런던에 갔을 때 들렀던 일식집 역시 주인은 한국인이었다. 일식집은 한국인이 석권했고 세계화해주고 있다고 말해도 과언이 아니다.


왜 한국인들은 한국 식당을 하지 않고 일본 식당을 운영하고 있을까?

미국인들의 의식 속에 일본 음식은 다이어트 음식이라는 개념이 자리 잡은 것이 근본 원인이 되겠고, 그다음은 달착지근한 여러 종류의 '야끼' 음식이 미국인들의 입맛에 맞기 때문이다.

거기에다가 일본인 이민 인구가 없어서 일본인 스스로 식당을 열 여력이 못 되는 것도 원인이 된다.

바로 이 세 박자를 노리고 한국인들이 일식집을 열고 성업하고 있다. 미국 주류사회를 대상으로 일식집을 열면 성공할 확률이 높은데 구태여 리스크를 감수하면서까지 한국 식당을 열 이유가 없다.

한식집은 한국인을 위한 식당이고, 거기에 외국인이 가끔 끼어들어 먹고 가는 정도다.

정말로 한국 음식을 세계화하려면 한국인의 입맛에 맞지 않더라도 달착지근한 맛을 가미해서 미국인들의 입맛에 맞게 개발해야하겠고, 나가서 간단하게 차려내는 음식이어야 한다.

# 23

# 미국에서 정력에 좋다는 음식들

백과사전에서 "강정제(Aphrodisiacs)란 최음제라고도 하며, 성적 기능을 강화하고 성적 충동을 일으키는 약물"이라고 쓰여 있다.

전통적으로 한국에서는 개고기와 뱀탕이 강정제의 대표주자이다. 개고기 먹으러 동남아 원정까지 가는 '어글리 코리안' 운운하는 기사가 많은 사람을 무안하게 만든 때도 있었다.

그러면 한국인만 강정제를 좋아하는가? 그렇지 않다.

서구인들도 고대로부터 지금까지 강정제라면 관심이 지대하다. 강정제(Aphrodisiacs-아프로디시악스)의 어원은 그리스 '사랑과 미의 여신 아프로디테(Aphrodite)'에서 시작되었다.

오랜 세월이 흐르면서 자연스럽게 '아프로디시악스'에 속하는 음식을 가려내게 되었다.

'아프로디시악스'가 강렬한 성적 욕구를 각성시켜주는 것은 어쩌면 풍요한 냄새 때문일 수도 있고, 음식에 존재하는 화학적 반응일 수도 있고, 인간의 뇌 구조에 어떤 자극일 수도 있다.

그러면 서구인들은 어떤 음식을 강정제 음식이라고 하며 강정제 음식은 정말 효과가 있는가?

서구인뿐만 아니라 세계 여러 나라에서 선호하는 강정제 음식을 살펴보자.

첫 번째로 꼽는 강정제 음식은 굴(Oyster)이다.

굴은 성욕을 증강시키는 힘이 있고, 아연이 많이 포함되어 있으며 남자나 여자의 본능을 자극하는 힘이 있다고 믿고 있다. 루머에 따르면 18세기 이탈리아의 유명한 카사노바는 하루에 굴을 50개씩 먹었다고 한다.

그러나 실제로 굴이 강정제란 명성을 얻게 된 까닭은 굴의 속살 모양과 염분으로 찝질한 맛이 그 무엇을 연상시키기 때문으로 추정한다.

두 번째로 꼽는 강정제 음식은 초콜릿이다.

그것도 검은 갈색의 초콜릿이다. 초콜릿은 여자들이 가장 좋아하는 음식으로 일반적으로 '사랑의 케미클'이라고 부른다. 초콜릿은 두뇌에서 '도파민(Dopamine)'을 방사케 하는 작용을 한다. 역사적으로 초콜릿은 로맨틱의 원료라는 게 중남미 아즈텍스(Aztecs) 시대에도 알려져 있다. 18세기 서유럽으로 전파되면서 강정제로서의 유명세를 타게 되었다.

세 번째는 '아니스(Anise)'이다.

아니스는 지중해 연안에서 나는 식물로 아니스 열매는 최면제, 강정제로 널리 쓰인다. 기록에 보면 고대 로마 의사들은 '아니스'를 처방해 주었다고 되어 있다.

실제로 '아니스'를 많이 먹으면 최면이나 성욕이 발생한다.


'아보카도(Avocado)'.

고대 아즈텍스(Aztecs) 사람들은 아보카도를 고환같이 생겼다고 해서 고환 열매라고 불렀다.

마얀(Mayans)과 아즈텍스 사람들은 아보카도를 손에 들고 강렬한 성욕을 맹세했었다.

그뿐만 아니라 아보카도 추수기에는 숫처녀들은 집 밖으로 나오는 것을 금지했었다.

오늘날에도 중남미 멕시코에서는 남성기능장애를 극복하는 데 민속치료제로 쓰인다.

아보카도 열매는 엽산(Folic acid), 비타민 그리고 포타슘(Potassium. 칼슘)이 풍부해서 사랑의 묘약으로만 좋은 게 아니라 면역력을 강화시켜 주는 음식으로도 각광받고 있다.


'바나나'.

발리(Bali)에서는 전통적으로 바나나 꽃이 성기능을 각성시키는 엄청난 힘이 있다고 믿고 있다. 과학적으로 바나나에는 포타슘과 비타민B가 풍부해서 남성 성욕을 강화하는 데 도움이 된다.

'호두와 아몬드'

호두와 아몬드는 비아그라를 대신할 수 있는 자연식품이다. 고대 로마나 프랑스에서는 호두와 아몬드를 강정제로 사용했다. 호두와 아몬드는 여성의 다산을 상징하며 여성 특유의 냄새를 풍긴다고 믿었다. 호두와 아몬드에는 단백질의 구성성분인 아르기닐(Arginine)이 매우 풍부하며 비타민E와 마그네슘이 넘쳐나서 성욕을 돕는다.

'무화과'

믿거나 말거나 무화과를 먹으면 즉석에서 솟구친다고 전한다. 고대 크리크에서 무화과 시즌에 병사들이 광적인 성교의식을 벌이는 축제가 있었다고 한다.

약초와 강정제 전문인 매사추세스 대학 교수 크리스 킬햄 박사는 자연산 약초보다 더 안전한 강정제는 없다고 말한다. 계속해서 킬햄 박사의 말을 들어보자.

"스테로이드(Steroids)는 강력하게 성욕을 일으키지만 동시에 간과 그 외의 장기들에 손상을 입힙니다. 호르몬제 사용 역시 몸의 호르몬 시스템을 교란시키지요. 인간의 뇌에는 훌륭한 성적 오르간이 작동하고 있을 뿐, 굴이나 초콜릿이 성적 기능을 한다는 아무런 과학적 연구결과는 없습니다.

당신이 작동하기 시작했다고 믿으면 작동하는 것이지, 당신의 기분이 옳다 그르다 하는 과학적 연구결과도 없습니다.

인간의 영상은 매우 강력해서 사람들이 냄새나 맛 내지는 음식에 의해서 기능이 작동하기 시작했다 하고 믿으면 그것이 강정제입니다."

미국 문화의 충격적인 진실 35가지

# 24

# 스마트 폰

오래간만에 타 보는 전철 안의 풍경이다.

십년도 넘었다. 딸이 대학에 다닐 때 어느 여름방학이었다. 한국어 연수차 서울에서 두어 달 머물렀다. 그리고 이번에 서울에 왔으니 여러 가지가 새롭게 보인다고 했다.

전에 전철을 타면 앞에 앉아 있는 사람들이 모두들 눈을 감고 있더란다. 지금은 너나없이 스마트 폰을 들여다보고 있다. 스마트 폰 중독에 걸린 사람들처럼 보인다.

물론 본인들은 중독이 아니라고 할 것이다. 그러나 앉아 있어도 그냥 있지 못하고 스마트 폰을 만지작거리는 것 자체가 이미 증세라고 볼 수 있다. 스마트 폰을 집에 놔두고 나왔다가는 불안해서 못 배길 것이다.

중독에는 부작용이 따르기 마련이다. 부작용 중의 하나는 스마트 폰이 시간을 다 잡아먹는다는 사실이다. 요새 사람들은 바쁘다

바빠, 시간이 없어 죽겠다고 한다. 그러면서도 스마트 폰 들여다보는 시간은 아깝지 않다.

시간 할애의 제일순위는 스마트 폰이 차지했다. 의사와 상담하다 말고도 스마트 폰이 울리면 먼저 받고 만다. 스마트 폰은 막강한 힘을 발휘하고 있다.

진화에 진화를 거듭하는 스마트 폰이 어느 날 어떻게 변해서 우리 앞에 다가올지 아무도 모른다. 10년 전에 없었던 풍경이 지금 유행하듯이 10년 후에 어떤 풍경이 우리를 놀라게 할지 지금부터 궁금하다.

세상에서 가장 가련하게 보이는 사람은 어디서 전화 안 오나 하고 기다리는 사람이다. 주로 노인들을 가련하게 보고 하는 말인데 실은 젊은이들이 전철에서 스마트 폰을 한 손에 들고 대기하고 있는 모습이 그와 똑같다.

예의를 지킨답시고 엄지로 문자를 보내고 받으면서 소리 없이 소통하고 있는 젊은이들도 있다. 문자 메시지 세대가 아닌 부모와 주고받는 대화는 아닐 것이다. 분명히 자기 또래와 소통하고 재미있어 하는 것 같다. 스마트 폰으로 영화나 TV를 보는 젊은이도 있다.

나이든 사람이 큰 소리로 통화하는 것은 주변 사람들의 프라이버시를 무시하는 행위이다.

전철에서 스마트 폰을 손에 쥐고 무엇을 하고 있는지만 보아도 그가 지금 무슨 생각에 빠져있는지 짐작이 간다. 상대방이 내 속을 들여다보고 있다는 것은 매우 불쾌한 일이다. 그럼에도 불구하고 스마트 폰에 몰두하기 시작한 사람은 볼 테면 보라지 하는 식으로 사람을 뻔뻔스럽게 만든다.

샌프란시스코 공항 입국심사 하는 넓은 공간에 들어서면 셀 폰 통화가 안 된다. 전파가 차단되어 있다. 업무상 그랬겠지만 환영할 만한 일이다. 그런 장소가 많았으면 좋겠다.

산책하러 샤봇 호수에만 나가도 통화가 안 된다. 미국 국립공원 등산길에서 통화가 안 되는 것은 당연한 현상이다.

한국은 땀을 흘리고 높은 산에 올라가도 통화가 된다. "잘 터져" 하는 소리가 들린다.

그들의 대화 내용 따위는 듣고 싶지도 않지만 안 들으려고 해도 사정없이 들려온다. 들어봤자 별것 아니다. "올라왔다. 밥 먹었다."

아무데서나 통화가 잘된다고 다 좋은 것은 아니라고 생각한다.

산의 주인은 따로 있다. 등산객은 말 그대로 객일 뿐이다. 객이 큰소리를 쳐대는 세상이 결코 옳다고 생각되지 않는다.

전철을 타고 있는 승객들도 객이다. 어디까지나 객은 객다워야 한다고 생각한다.

내가 봐도 전철 안에서 스마트 폰 들여다보는 사람들이 많다. 스마트 폰 대신 책을 저렇게 들여다봤으면 하는 생각을 해 본다.

스마트 폰을 들여다보고 얻을 게 무엇이 있나? 몰라도 그만인 토막 뉴스 정도?

스마트 폰에서 얻어지는 정보는 간식에 불과하다.

사람이 살아가는 데 밥을 먹어야지 간식으로는 생명유지가 안된다. 세상이 약아지다 보니 간식도 새롭게 무장하고 나섰다. 주스 팩 한 봉지만 마시면 하루에 필요한 비타민은 다 섭취했다느니, 에너지 바 하나면 점심식사와 맞먹는 칼로리라느니, 별별 소리를 다 하지만 어디 그런 것만 먹고 살아 보라고 하지, 말도 안되는 소리.

스마트 폰에 온갖 것이 다 들어 있다고 하지만 어디 스마트 폰만 갖고 살아보라고 하지.

스마트 폰이 편리한 도구임은 분명하지만 그렇다고 너무 과신하거나 과용해서는 안 될 일이다. 그리고 스마트 폰의 유해성도 알아야 한다.

캘리포니아 버클리 시가 미국에서 최초로 '셀 폰 방사선 위험' 경고문 고지 법안을 통과시켰다. 연방통신위원회가 규정한 '무선주파수 노출 제한 안전기준'에 관한 경고문을 부착하라는 내용이다.

간단히 설명하면 스마트 폰을 사용할 때 발생하는 방사선 위험을 피하려면 셀 폰을 피부에 대지 말고 5~25㎜ 떨어져야 한다는 것이다.

셀 폰을 귀에다가 바짝 대고 통화를 한다거나 바지나 셔츠 주머니에 넣고 다니는 사람이 있는가 하면 어떤 사람은 심지어 브래지어 안에 집어넣고 다니는데 이는 연방정부가 제시한 가이드라인을 초과한 것이다.

소매업체들이 셀 폰에 위험 경고문을 부착해야 한다는 시 조례가 발효되었다. 미세하나마 스마트 폰을 사용하면 방사선에 오염된다는 게 사실이다. 그런데도 스마트 폰을 끌어안고 자는 사람까지 있으니 이는 매우 위험한 일이다.

스마트 폰에 관한 우려가 여기저기서 흘러나오고 있다. 오죽했으면 이러한 법이 등장했겠는가.

틈만 나면 셀 폰을 들고 친구들과 메시지를 주고받느라고 정신이 온통 거기에만 쏠려 있으니 학교 성적마저 떨어지고 있다는 부모의 걱정.

식사를 하는 동안에도 셀 폰으로 친구와 계속 주고받는 모습을 보고 있는 부모의 속은 터지고도 남는다. 스마트 폰은 사람 사이의 단절을 가져온다. 자기 스스로에게 빠지게 만든다.

세상에 현존하는 모든 사물은 일장일단이 있기 마련이다. 과유불급(過猶不及)이라 하지 않았던가. 매사 적당하게 균형을 맞춰야 보기에도 좋고 실용성도 있기 마련이다.

# 25

# 한국에서 사는 여자, 미국에서 사는 여자

같은 한국 여자인데도 한국에서 사는 여자들은 미국에서 사는 여자들보다 늘씬하고 예쁘다.

한국에서 늘씬하고 예뻤던 여자도 미국에 와서 살다 보면 펑퍼짐하니 편안한 모습으로 변한다. 남자들 눈에 그렇게 보이는 게 아니라 여자들 자신들도 알고 있다.

그래서 어떤 여자는 한국을 방문하기 한 달 전부터 살을 빼기 시작한다.

어느 정도 살을 빼고 가지 않으면 친구들을 만나도, 길거리를 다녀도 양심상 도저히 얼굴을 들고 다닐 수 없다고 한다.

같은 여자를 놓고 무엇이 이토록 잔인하게 마음을 울리는가? 사회 분위기에 따라 생활습관이 달라지기 때문이다. 외모를 중시하는 한국에서는 다이어트를 하면서, 외모를 가꾸면서 살아야 한다.

그러나 미국에서는 그런 스트레스를 받지 않고 살 수 있어서 좋다. 미국에서 사는 한국 여자들은 직장 일과 집안일을 동시에 하지 않으면 살 수 없게 되어 있다.

물론 한국에서도 직장과 집안일을 하고 있다. 그러나 일의 양과 강도가 다르고 생활방식이 다르다. 예를 들면 북한 주부들은 남한 주부들보다 일의 양과 강도가 적다. 벌어들이는 돈과 쓰는 돈 즉 가정통화량이 적기 때문에 그만큼 일이 적다.

미국 가정은 한국 가정보다 통화량이 많으니 그만큼 일이 많다. 미국에서의 일은 직장 일도 대충, 남이 하는 만큼만 하면 되는 게 아니라 끝장을 봐야 하리만치, 쉴 틈 없이 강도가 세다. 돈 주는 만큼 부려먹는다.

집안일도 한국처럼 아파트가 아니라 넓은 단독주택이어서 해야 할 일이 너무나 많다. 구입해서 들이는 물건도 한국보다 곱절은 많으니 그만큼 더 어질러지기 마련이다.

그 많은 집안일은 누가 다 해야 하나? 물론 남편이 도와는 준다고 해도 여자의 눈에 거슬리는 게 더 많은 법이다. 자연히 여자의 손길이 더 많이 가기 마련이다.

일하는 시간과 강도를 높이다 보면 더 많은 에너지를 필요로 하고, 에너지는 그만큼 먹어야 생긴다. 하루 세끼는 물론이려니와 한 끼의 양도 많아야 한다.

아이러니하게도 한국 식당에서 한민족을 하나로 통일시켜 놓은 게 있는데 그것은 그 유명한 김치가 아니라 엉뚱하게도 밥그릇이다. 동글납작한 뚜껑이 있는 스테인리스 밥그릇이다.

세계 어느 나라에서도 한국 식당에 가 보면 밥상에 올라오는 밥그릇은 동그란 스테인리스에 뚜껑이 덮인 그릇을 사용한다.

이 밥그릇에 흰 쌀밥이 찰까 말까하게 담아준다. 아마 이 정도의 분량이 한국인의 기본 식사량이어서 모두 만족하는 것 같다.

그러나 미국에서 사는 젊은 한국 여자들에게는 이것이 조금 부족하다. 그래서 모자라는 양만큼 반찬으로 채운다. 그만큼 에너지가 더 필요하기 때문이다.

거기에다가 미국은 도시가 자동차 중심으로 설계되어 있고 자동차로 이동해야만 하게 되어 있다. 걸어서는 도저히 다닐 수 있는 거리가 아니어서 어딜 가나 차만 타고 다니고 걷는다는 건 몇 발짝에 불과하다.

차를 타고 다니다 보면 남의 시선을 의식할 필요가 없어서 차 안에서 커피를 엎질러 가면서 마셔도 그만이다. 차 안에서 대충 화장도 하고 그저 나 편한 대로 산다.

태양을 마음껏 쏘이며 산다는 것도 행복의 조건 중의 하나이다. 그러다 보면 얼굴이며 피부가 짙게 그을리기 마련이다.

남을 의식할 필요도 없고 신경 쓸 일도 없이 살다 보니 해방된 민족이다. 진정한 자유란 이런 게 아닌가 생각할 때도 있다.

많이 먹고 덜 걷다 보면 당연히 살이 찌고 펑퍼짐하기 마련이다. 한국 여자만 그런 게 아니라 미국 여자들도, 멕시칸 여자들도 미국에서 사는 여자들은 다 그렇다 보니 뭐 몸매에 관해서 신경 쓸 이유가 없다.

그래도 외국 여자들에 비하면 월등히 나은 편이어서 오히려 위안이 된다. 속편하게 살다가 한국에 가 보면 세상이 다르다.

서울에서 사는 한국 여자들은 모두 다 예쁘고 얼굴도 희고 늘씬하다. 나이가 들어 보이는데도 피부도 곱고 통통하다. 이목구비도 또렷하고 몸매도 적당히 갸름하다.

서울은 걸어 다니게 설계된 도시여서 모두 걸어 다니면서 지하철을 탄다. 지하철을 타려고 걸어가는 것만으로도 하루의 걷기 운동이 충분하다.

많은 사람과 마주치다 보면 자연히 나 자신을 남들과 비교하게 되고 피부 관리며 몸매에 신경을 안 쓸 수가 없다. 식당에서 주는 음식도 적당히 칠 홉 정도로 준다. 모자라는 것 같은 기분이 들 정도로 조금 준다.

늘 거울을 들여다보면서 자기 관리를 하고 만족감도 느껴보고, 자존감도 살리면서 행복도 맛본다. 그러면서 주변 사람들의 시선에 신경도 써야 하고, 들려오는 소리도 새겨들을 줄 알아야 한다. 매사 미리 알아서 처리해야 후유증을 피할 수 있다.

어쩌다가 한국을 방문하게 되는 교포 여자들은 한국 여자들을 보면서 당연히 자신을 되새겨 보게 된다.

여자가 지녀야 할 자존심이 팍 상하기도 하고, 나는 지금까지 뭘 하면서 살았나 하는 의구심을 갖기도 한다. 이런 생각은 동창들을 만나보면 더욱 심화된다.

다시 옛날처럼 남들에게 뒤지지 않게 가꾸면서 살아야 하는 건 아닌지 하는 생각으로 잠을 설치기도 한다. 한때는 나도 그렇게 살지 않았던가 하는 생각도 해 본다.

나라마다 자유에 대한 정의가 각기 다르다. 중국은 중국식 자유를, 북한은 북한식 자유를, 한국은 한국식 자유를 정의해 놓고 있다.

선택의 자유, 행동의 자유, 사고의 자유 이런 것이 자유라고 생각할 수도 있다. 그러나 진정한 자유는 보이지 않는 압박에서, 압박을 감지하는 무디어진 감각에서 벗어나는 것이다.

최초로 메이플라워 호를 타고 미국으로 건너간 청교도들이 갈구했던 것이 자유였듯이 지금도 세계 여러 나라에서 미국을 찾아오는 까닭은 역시 자유를 갈망해서다.

한국인들도 예외는 아니다. 한국 여자들도 예외는 아니다. 미국식 민주주의가 민주주의의 기본으로 불리듯이 미국식 자유도 기본에 거의 가깝다고 할 수 있다.

미국에서 사는 여자들이 자신이 누리고 있는 자유가 얼마나 소중한 가치를 지니고 있는지를 깨닫는 순간 한국에서 사는 여자들의 예쁘고, 희고, 늘씬한 몸매가 부럽지 않을 것이다.

한국에서 사는 여자들은 사회 분위기와 남들의 시선에 얽매여 소중한 자유를 잃고 스스로 자신을 구속시켜 버리는 건 아닌지 하는 생각도 해 본다.

# 26

# 무섭게 확산하는 한류열풍

캘리포니아는 지역개발의 역사가 짧다 보니 아직도 미확정지역이 많이 남아 있다.

미확정지역(Incorporated Area)은 자치지역이기는 하지만 도시로서 독립하기에는 인구와 재정이 부족해서 이웃 도시로부터 경찰력과 소방력을 지원받아 운영하는 커뮤니티다.

한국에서도 마찬가지이지만 시골 도시의 작은 커뮤니티에서 오래 살다 보면 비슷한 연배들끼리는 서로가 다 알고 지낼 수밖에 없다.

중학교도 하나, 고등학교도 하나여서 또래 아이들은 모두 같은 학교에 다니는 동창이거나 선후배 관계다. 자연스럽게 학부모들도 아이들 때문에 6~12년을 만나다 보면 서로서로 알게 된다.

한국도 시골 읍 한복판으로 신작로가 지나가듯이 이곳 작은 커뮤니티에도 가로지르는 신작로가 있고 신작로 양편에는 상점들이 늘어 서 있다.

그런대로 있을 건 다 있어도 비즈니스가 잘되거나 붐비는 것 같지는 않다.

어느 날 신작로에 한글 간판 '순두부집'이 나타났다.

'순두부' 한국 식당이 들어선 건물은 멕시칸 스타일로 타코를 연상하게 지어진 건물이다.

오래전에 '타코 벨'이 있었으나 장사가 안돼서 문을 닫고 떠나가고 수년째 비어 있던 건물이다. 처음 '순두부'라는 간판을 보았을 때 반갑기도 하고 걱정스럽기도 한 착잡한 심정이었다. 물론 한국 식당이니 반갑기는 하지만 식당 주인이 비즈니스를 잘 모르는 사람 같아서 걱정이 앞섰기 때문이다.

지금까지 한국 식당은 도시 중심가 근처, 사람들이 모여드는 곳에 자리 잡는 거로 알고 있는데 이렇게 엉뚱하게도 한적한 지역에 문을 열었으니 곧 망해 넘어질 것 같아 염려스러웠다.

모르긴 해도 식당 주인이 비즈니스 경험도 없이 열정 하나만 가지고 덤벼든 것 같은 느낌이었다. 짐작하건대 맛인들 오죽하겠으며 보나 마나 두서없이 우왕좌왕할 것만 같았다.

그리고 서너 달이 흘러 '순두부집'은 아예 잊어버리고 지냈다.

어느 날 딸아이가 우리 동네 한국 식당 음식 맛이 어떠냐고 묻는다. "나야 한 번도 가 본 일이 없어서 알 수가 없다만 너는 가 보았니?" 하고 물어보았다.

친구가 그러는데 부모가 벌써 몇 차례 먹어보고 맛이 있다면서 그 식당을 추천하더란다. 그러면서 너의 부모가 한국 사람이니 진짜 맛이 어떤지 알아봐 달라고 부탁했단다.

갑자기 중대한 임무를 부여받은 것처럼 책임감이 들고 한편 근심도 됐다. 정말 맛이 있으면 좋으련만 맛이 없으면 그 집 맛없다 하고 역선전을 할 수도 없으니 생뚱맞은 고민거리가 하나 생기고 말았다.

토요일 저녁에 문제의 '순두부집'으로 향했다. 딸의 친구 부모가 미국인인데 한국음식 맛을 알면 얼마나 알겠어 하는 생각도 들고, 보나 마나 장사가 안돼서 자리는 텅텅 비어 있을 것 같은 생각도 들었다.

그러나 나의 쓸데없는 걱정과 지레짐작은 '순두부집' 문을 열고 들어서는 순간 완전히 박살 나 버리고 말았다. 좌석은 이미 미국 손님들로 꽉 차있고, 우리 부부는 자리가 날 때까지 기다려야만 했다.

들락날락하는 손님들로 붐비는 가운데 겨우 자리를 얻어 앉았다. 맛은 도대체 어떨는지 기대와 염려를 동시에 품고 순두부를 주문했다.

그런데 이게 웬일인가, 맛이 훌륭한 게 명동 순두부 그 맛이었다. 서비스도 척척 잘 연결되어 나가는 폼이 세련된 식당 매너였다. 우리 부부는 이 집 주인 식당 경험 많은 사람이라면서 고개를 끄덕였다.

그것보다도 더 놀라운 것은 어쩌면 미국 사람들이 한국음식 맛을 그렇게도 잘 아는지 감탄스러웠다.

불고기나 갈비처럼 그냥 구워 먹는 음식이야 당연히 맛을 알겠지만, 순두부는 웬만한 한국 사람도 그 맛을 구분하기에 어려운 음식인데 미국인들이 순두부 맛을 알고 있다는 것은 벌써 여러 번 먹어봤다는 이야기다.

한류 바람을 타고 미국인들은 이미 맛을 찾아다니고 있었다. 한류가 유행은 유행이구나 하는 생각이 들었다.

생활에 여유가 있는 미국인들은 맛을 찾아다니면서 한류를 즐기고 있고, 가난한 멕시칸들은 그들 나름대로 한류를 즐기고 있다.

지난주에 아내가 멕시칸 식품점에서 한국 배를 사 왔다. 크기도 나주 배만 하고 때깔도 비슷했다. LA에서 생산된 한국 배다. 가격이 한국에서 수입해 온 배의 반 가격이라고 했다.

맛이 어떨까 해서 껍질을 까서 먹어보았는데 한국에서 건너온 배보다 더 과즙도 풍부하고 달았다.

아내는 나 모르게 한국 식품점에서 사 온 나주배하고 멕시칸 식품점에서 사 온 미국산 배를 까놓았다. 나를 시험하고 있었다. 어느 쪽이 더 단가 하고 묻기에 이쪽저쪽 다 먹어보고 가리킨 배는 엉뚱하게도 미국산 배였다.

멕시칸 식품점에 배를 싸놓고 파는 것으로 보아 그들도 즐겨먹는다는 걸 알 수 있었다. 대만에서 온 사람들은 한국 배 맛을 누구보다 잘 알고 있다.

그뿐만 아니라 한국 연속극도 열심히들 보고 있다. 요즈음은 한

미국 문화의 충격적인 진실 35가지

국연속극에 스페인어 자막이 뜨면서 멕시칸들도 한국 연속극에 빠져들고 있다.

연속극이 뭔가? 한번 맛보면 계속해서 빠져드는 게 연속극이다. 멕시칸들도 한류에 물들어 가고 있다.

10년 전의 일이다. 처음 한국 TV가 실시간으로 컴퓨터에 잡히기 시작한 게. 가로 7㎝, 세로 7㎝ 정도 크기의 화면으로 화상이 또렷하지도 못하면서 나오다 말다 했다.

비디오테이프를 빌려다가 연속극을 보던 시절이었으니 한국 TV가 직접 그것도 실시간으로 등장했다는 것만으로도 신기했다.

그러더니 하루가 다르게 발전해 나갔다.

LCD가 등장하고, 테이프가 DVD로 바뀌면서 연속극 화면은 백배 선명해졌다.

그 바람에 연속극 대여점들은 다 문을 닫아야 하는 일도 벌어졌다. 아예 한국 전용 TV 방송국이 생겨나더니 그것도 두세 군데로 늘어났다.

이제는 채널을 이리저리 돌려가면서 시청하는 시대가 도래했다. 동시에 현지광고도 지겹도록 봐야 하는 피로감도 감수해야 한다.

그런가 하면 세상이 하도 빨리 변해가기 때문에 정신 바짝 차리고 따라가지 않으면 놓치기에 십상이다.

인터넷을 통해 보는 한국 연속극이나 재미있는 프로그램을 '다시보기' 하면 한국 방송국에서 시청료를 요구한다.

얼마 전부터는 인터넷을 통해서 중국방송을 본다. 그것도 여러 채널을 본다. 한국에서 중국에 넘긴 프로그램들이 미국에서 살고 있는 중국인들에게 송출하는 채널이다.

중국 방송을 통해서 나오는 한국 프로그램이지만, 영상 자체가 한국어로 나오니 한국방송을 통해서 보는 것보다 더 깨끗하다.

엉뚱하게 알아듣지도 못하는 중국 광고를 시청해야 하는 괴로움도 있지만, 중국 방송을 통하면 시청료 요구가 없다는 아이러니가 있다.

아내는 부엌에 컴퓨터를 설치해 놓고 부엌에서 일할 때면 연속극을 틀어놓고 본다.

한국인들이 연속극을 보는 건 당연하지만, 외국인들이 한국 연속극에 빠져있는 걸 보면 한류가 얼마나 광범위하게 퍼져가는지 실감하는 때가 한두 번이 아니다.

필리핀 친구 리복크를 만나 이런저런 이야기를 하다 보니 한국 드라마 이야기가 나왔다. 미국에 사는 필리핀 사람들이 한국 드라마를 즐겨본다고 한다.

밑에 영어 자막이 나오기 때문에 이해가 쉽다면서 연속극 타이틀을 줄줄이 엮어 댄다. 정작 한국인인 나는 연속극을 보지 않으니 제목을 들어도 그런 게 있나 하는 정도다.

어제 들렀던 중국인 집에서 왕 씨 부인도 한국 방송극을 보고 있었다. 내가 한국인이니까 나는 한국 드라마는 다 보고, 알고 있는 줄로 착각한다.

남자 탤런트 이름을 대면서 누구누구 아느냐고 물어온다. 나는 한국인이면서도 그런 탤런트가 있는지조차 알지 못한다.

오후에 만난 중국인도 한국 드라마를 본다면서 한문으로 자막이 나와 이해가 쉽다고 했다. 한국 드라마는 재미가 있다고 말한다.

예를 들면서 중국에도 장금이 같은 스토리가 있기는 하지만 한국 연속극 장금이처럼 재미있게 드라마를 만들지 못한다고 알려준다.

얼마 전에 일본인 집에 갔을 때 치매에 걸린 어머니를 모시고 살고 있는 야시모도 씨도 한국 드라마만 본다고 했다.

산 마테오에 92살 먹은 일본인 할머니가 혼자 살고 있는 집이 있다. 이미 아들딸들은 학교 선생으로 정년퇴직했고 지금은 증손자가 대학에 다니고 있단다.

오래 살다 보니 알고 지내던 이웃들은 다 죽거나 떠나가고 지금은 모르는 사람들하고만 살고 있다고 하소연하기도 한다.

할머니는 온종일 한국 방송을 틀어놓고 보고 있다. 자막도 없는 한국 방송을 직접 보고 있다. 한국말을 알아듣느냐니까 못 알아들어도 이해는 된다고 한다.

아시아 계통 사람들은 이민을 왔거나 미국에서 태어났거나 하여튼 모두가 한국 연속극에 빠져 있다.

한류열풍 속에서도 가장 강렬한 열풍은 '한식'과 '연속극'인 것 같다.

# 27

# 인간의 마지막 선택 자살

미국에서 자살하는 사람들이 가장 선호하는 장소로는 샌프란시스코의 금문교를 꼽는다.

83년의 역사를 가진 다리에서 뛰어내려 죽은 사람만도 2012년까지 1,600명이 넘는다.

다리에서 뛰어내리면 죽을 확률이 98%에 이른다. 2005년에만도 뛰어내렸지만 살아난 사람은 26명이다. 자살자 중에 가장 어린 나이는 다섯 살짜리 소녀 마리린 디몬트이다.

1993년 그녀의 아버지 어거스트 디몬트(37)가 딸에게 뛰어내릴 것을 명령하고 확인한 다음 자신도 뒤따랐다.

자살은 종류가 너무 많아서 일일이 열거하기도 어렵다. 추앙받는 애국자의 자결이 있는가 하면 무슬림이나 극렬분자들의 자폭도 있다. 온 국민의 지탄을 받는 연예인의 자살, 마음 아픈 치매 부인과 동반 자살한 노인도 있다.

우리나라에서 자살자들이 선택하는 방법으로는 목을 맨다거나, 약을 먹거나, 연탄불을 이용하는 경우가 많다. 옛날에는 주로 강물에 투신하는 방법을 많이 활용했는데 투신하는 사람들을 보면 신발을 가지런히 벗어놓고 물에 뛰어들었다. 신발을 벗어놓고 죽는 것은 우리나라에만 있는 죽음의 정서다.

미국인들은 강물에 뛰어들 때도 신발은 벗지 않는다. 생활환경에서 오는 차이인 것 같다.

유엔 보고서에 의하면 전 세계적으로 일 년에 자살 인구가 1백만 명이 넘는다고 한다. 자살을 시도했다가 실패한 사람은 그보다 10~20배 더 많다.

자살률이 한국은 십만 명당 34명으로 OECD 국가 중에 가장 높고, 일본은 십만 명당 29명, 미국은 12명의 순이다. 자살하는 사람 중에 유서를 남기는 비율은 15~40%뿐이다.

고대에도 자살은 있었다. 자살은 오로지 인간만이 선택할 수 있다.

2014년도 미국인 자살은 42,773명이다. 십만 명당 12.1명으로 매일 105명이 자살하고 있다.

자살 원인으로는 정신질환에 의한 자살이 35%로 가장 많고, 인과관계에서 발생한 경우가 26%, 갑자기 발생한 위기의식 23%, 건강상 15%, 직장 문제 5%, 경제문제 5%로 나와 있다.

정신질환에는 우울증, 정신분열증도 있지만, 대부분은 약물중독이다. 약물중독 중에 술중독이 가장 많고 그다음이 마약중독이며 니코틴중독도 자살을 불러온다. 고질적인 질병이나 노름중독도 자살의 요인이다.

나이별로 보면 10~14세에서 십만 명당 1명꼴로 자살한다. 15~19세에서 7명, 20~24세에서 12.7명으로 나타나 있다. 통계를 보면 18~24세가 가장 위험한 집단으로 30세 이상보다 더 많이 자살한다. 남성이 여성보다 더 많아 십만 명당 30명이나 된다. 여자는 45~54세가 십만 명당 9명으로 가장 높다.


세계 56개국 통계에 의하면 자살방법으로 목을 매는 게 가장 보편적이며 남자 53%, 여자 39%가 이 방법을 선택한다. 그다음 방법으로 살충제를 복용하는 게 30%이다. 살충제 선택은 유럽 국가에서는 불과 4%인데 비해서 태평양 연안 국가에서는 50%가 이 방법을 선택한다.

미국은 57%가 권총으로 머리를 쏘는 방법이며 그다음으로 남자는 목을 매고 여자는 극약을 마시는 게 40%나 된다. 다리에서 뛰어내리거나 달리는 자동차로 뛰어드는 케이스는 적은 숫자에 속한다.

미국 오리건 주나 워싱턴 주에서는 자살이 합법화되어 있다. 이유가 합당하면 의사로부터 처방전을 받아 치사 약을 살 수도 있다.

캘리포니아 주도 자살 즉 존엄사법이 시행되었다. 존엄사법은 기대 생존 기간이 6개월 이하인 말기 불치병 환자에게 스스로 생을 마감할 수 있는 길을 열어준 것이다.

일본 역시 자살은 골칫거리로 2014년 통계에서 매일 70명이 자살하는 것으로 나타났다.

자살자 중에 71%가 남자이고, 연령대로는 20~44세가 가장 높다. 실업이 가장 큰 원인이고, 우울증, 사회생활에서 오는 압박이 그 뒤를 따른다. 이혼했을 경우 남자가 여자보다 자살할 확률이 더 높다. 여자는 15~34세 사이에 자살이 가장 많다.

일본인들이 선호하는 자살방법은 달리는 열차에 뛰어드는 방법이 가장 많다. 그다음은 높은 곳에서 투신하는 방법, 다음이 목을 매는 것이고 마지막으로 약물복용이다.

왜 일본인들은 달리는 열차에 뛰어드는 방법을 선호할까? 철도청에서는 자살자의 가족에게 자살처리 비용을 청구하고 있다.


미국에서 자살은 사망 순위 10위에 속하며 일 년에 1백만 명이 자살을 시도하고 그중에 평균 3만 7천 명이 목숨을 잃는다. 미국인 자살자의 79%는 남자여서 여자의 4배에 이른다.

미국에 이민 온 한인들이 타민족에 비해서 자살률이 가장 높다. 한인교포 사망자 100명당 4명이 자살에 의한 사망이다. 특히 한인 노인층의 자살은 심각한 수준이다.

한인 노인들은 작은 한인 커뮤니티에서 타인의 눈을 의식하며 살아야 하는 어려움이 있다.

한인들이 중요시하는 명예, 체면, 위신을 상실하면 자살 충동을 심하게 느끼게 된다.

한국 교포 노인들이 자식에게 짐이 된다고 생각하거나 좀 더 잘 해줄 걸 그렇지 못해 미안하다는 식으로 이야기를 한다면 자살위험 수위에 달했다는 것을 의미한다.

# 28

# 무섭게 치장한 할로윈 축제

미국에서 가장 큰 축제는 10월 31일 할로윈이다.

할로윈 데이는 아이들이 가장 반기는 날이기도 하다. 아이들이 좋아하는 무서움거리들이 많이 있고, 캔디나 초콜릿을 마음껏 먹을 수 있기 때문이다.

원래, 할로윈은 고대 유럽에서 추수 후에 행하던 축제였다. 아일랜드, 스코틀랜드 외의 여러 지방에 살던 이교도인 켈트족들이 죽은 자의 혼령이 10월 31일에 땅으로 내려와 가을걷이 농작물들을 망가뜨리고, 산자를 병들게 한다는 속설 때문에 행해지던 풍습이다.

차츰 발전하면서 횃불을 밝혀놓고 가축을 도살하고 뼈를 집어던지면서 난장판으로 변하는 어수선한 축제가 되기도 했다. 로마가 통치하던 시절에는 로마의 풍습이 가미되기도 했다.

19세기 미국으로 건너오면서 할로인은 아이리쉬와 스코티쉬 이민계들이 만나 화합을 이루는 축제의 날이 되었다. 20세기로 들어서면서 상혼이 축제를 상업화해서 할로윈은 변질되어 지금에 이른다.

집 앞에다가 귀신이 놀라 도망갈 정도로 무섭게 꾸려놓는 이유는 외계에서 내려오던 혼령이 겁을 먹고 무서운 집을 피해 다른 집으로 가게 하기 위함이다.

마치 우리의 풍습 중에 섣달 그믐날 밤에 문 앞에다가 쳇바퀴를 걸어놓으면 귀신이 와서 체 구멍을 세다가 날이 밝는 바람에 가버리고 만다는 것과 같은 이치이다.

귀신은 동서고금을 막론하고 머리를 풀어헤치고, 흰옷을 걸치고, 조금 붕 떠서 스르르 지나간다. 다니다 보면 사람들이 가장 무서워하는 것은 역시 죽은 사람, 공동묘지, 해골 이런 것들이다.


할로윈은 뭐니 뭐니 해도 아이들이 가장 기다리는 축제다.

날이 어두워지면 아이들이 누구인지 알아보지 못하게 커스텀으로 변장하고 이웃집 초인종을 누른다. 문을 열어주면 "트릭 오아 트릿(trick-or-treat: 캔디나 초콜릿을 주지 않으면 훼방 놓겠다)" 하면서 어른을 놀래주려는 소리를 하고, 어른은 초콜릿이나 가져가라 하면서 달래 보내는 것이 축제의 하이라이트이다. 주는 사람이나 받는 아이나 모두 행복한 순간이다.

우리 아이들도 어려서는 나와 함께 이웃을 돌아다니면서 "트릭 오아 트릿"을 외치면서 초콜릿과 캔디를 얻어다가 세어보고 기뻐

했다.

아이들이 고등학생이 되면서 초콜릿 얻으러 가지 않고 대신 집에서 몰려오는 아이들에게 초콜릿을 나눠주는 역할을 해 댔다.

아이가 셋이나 돼도 그중에 큰딸 아이만 늙은 호박으로 마귀 얼굴을 조각하는 일을 맡아서 했다. 누렇게 늙은 호박 꼭지를 중심으로 오강 뚜껑만 하게 도려내 구멍을 만들고 속을 파낸다.

속이 텅 빈 호박에 두 눈을 삼각형으로 도려내고 입은 마치 이빨 빠진 마귀할멈처럼 조각하면 마귀 호박이 된다.

호박 속에 촛불을 켜 놓고 뚜껑을 닫으면 영락없는 마귀할멈이다. 밤에 대문 앞에 놔두어 아이들을 겁주려는 전통방식이다.


할로윈은 아이들의 축제를 넘어서 어른들도 즐기는 밤이다.

할로윈 파티라고 해서 별나게 차려입고 모여서 술 마시고 밤을 즐긴다. 할로윈 밤에 가장 인기 있는 곳은 무섭고 겁주는 장소이다.

샌프란시스코에서는 알카트라즈 섬 형무소, 윈체스터 하우스, 헐스트 캐슬이 인기 있는데, 할로윈 밤에는 예약이 없이는 입장할 수도 없고 그날은 가격도 비싸게 받는다.

알카트라즈 섬 형무소는 흉가처럼 지금은 폐쇄된 옛날 악명 높은 형무소이다. 윈체스터 하우스는 개척시절 윈체스터가 연발총을 발명해서 많은 부를 쌓은 곳이다. 그러나 윈체스터 연발총으로 인해서 얼마나 많은 사람들이 죽어갔는가. 후일 부인이 정신병에 걸려 집을 짓기 시작했는데 망치소리가 윈체스터 총에 맞아 죽은 귀신을 쫓는다는 망령에 사로잡혀 24시간 목수를 고용해서 집을 짓게 했다. 설계도 없이 그때그때 즉흥적으로 지은 집이어서 미스터리한 부분이 많은 집이다.

헐스트 캐슬은 신문왕 헐스트가 유럽을 여행하면서 헐려나가는 궁전들의 자재를 사들여 캘리포니아에 궁전을 짓다가 마무리하지 못한 미완의 비어 있는 궁전이다.

이렇게 미궁에 빠진 집에서 미로를 헤매는 게임 같은 파티를 즐기는 젊은이들의 행복한 날이 할로윈이기도 하다.

인간은 생활 속에서 여러 가지 방법으로 즐거움을 찾고 만들어가는데 그중에 '무서움'도 하나의 즐거움이다.

미국인들이 할로윈의 무서움을 즐기기 위해서 지불하는 돈이 한 해에 40억 달러에 이른다.

# 29

# 애완동물 공동묘지

지난주에 로젤리 씨 집을 들렀다가 검은색 도베르망을 보았다. 그에 못지않게 종자는 알 수 없으나 엷은 갈색의 덩치 큰 개를 보았다. 덩치 큰 개의 팔꿈치에는 손바닥 반만 한 빨간 상처가 있다. 개가 아파할 것 같아서 사연을 물어보았다.

15살 먹은 불쌍한 '비스마크'가 두 번이나 중풍으로 쓰러졌다고 했다. 지금은 안방 침대 옆에 자리를 깔아주고 밤낮으로 보살펴 준단다.

개도 그렇고 고양이도 한번 정이 들면 정말 떼어놓기 힘든 게 애완동물이다. 그리고 영원히 잊히지 않는 게 정들었던 개와의 추억이다.

정든 애완동물의 수명이 다 됐을 때 수습문제가 간단한 게 아니다. 대부분의 미국인은 동물 쉼터(animal shelter)로 보낸다. 그곳에서 안락사를 시켜준다.

그러나 각별한 인연을 영원히 간직하고 싶어서 애완동물 공동묘지를 이용하는 경우도 많다.

애완동물 공동묘지는 대부분 일반 공동묘지 한쪽 귀퉁이에 자리 잡고 있는데, 때로는 독립해서 시골학교 운동장만 한 크기의 장소를 차지하고 있는 경우도 있다.

샌프란시스코 남쪽에 있는 사이프러스 애완동물 공동묘지에 가 보면 빼곡히 들어서 있어서 자리가 모자랄 지경이다. 대부분 개나 고양이들이다. 그러나 앵무새 무덤도 있고 비둘기, 토끼, 햄스터, 쥐, 도마뱀 그리고 열대어도 있다.

애지중지하면서 기르던 애완동물이 죽었는데 쓰레기통에 버릴 수도 없고 어떻게 처리해야 할지 난감했을 것이다. 다행히 애완동물 공동묘지라는 곳이 있어서 좋은 추억으로 간직하고 싶어서 매장을 선택했을 것으로 짐작해 본다.

어떤 무덤에는 주인이 매일 찾아와 꽃을 놓고 간다. 그리고 사랑한다는 말도 잊지 않고 해 준다.

어떤 사람은 이미 죽은 지 오래된 애완동물을 잊지 못해서 찾아와 꽃을 놓고 간 흔적이 있는 것으로 보아 한번 추억은 영원히 사라지지 않는 모양이다.

어떤 무덤은 럭셔리하게 꾸며 놓았고 비석에 살아생전 모습까지 새겨놓았다. 그뿐만이 아니라 성모 마리아 입상을 세워놓고 천당으로의 명복을 비는 무덤도 있다.

어떤 무덤에는 "우리의 눈길로부터 사라졌지만, 기억 속에는 영원히 남아 있단다. 우리의 손길로부터 떠나버렸지만, 마음속에는 영원히 남아 있단다. 너희들을 사랑하는 엄마와 아빠로부터" 이렇게 써놓은 비석도 있다.

뼈다귀 모양의 비석 주인은 '로카' "살아생전 뼈다귀 좋아하던 너, 죽어서 실컷 먹어보라고, 뼈다귀 하나 물려 보낸다."

비석마다 나름대로 어울리는 비명을 적어 놓았다.

물고기 모양으로 만든 비석은 보나 마나 물고기 무덤이 분명하다. 이름이 '티노'이다. 우리들의 사랑 이야기가 눈길을 끈다. "매일 보면서 얼마나 너를 사랑했는지 아니? '티노' 너는 하루도 거르지 않고 미소와 행복으로 보답해 주었지."

그런가 하면 샌프란시스코 경찰견 '메이시 찹맨' 묘비에는 "화약 냄새를 그렇게 잘 맡던 너, 고이 잠드소서" 커다란 비석에 1990-2003과 경찰 마크가 그려져 있다.

화강암으로 잘 다듬어 놓은 비석에는 "'조후레' 너와의 추억 우리 마음속에 영원하리라, 너의 충성심과 진실한 사랑을 어찌 잊을 수 있겠니, 너와 나눴던 정, 정말 고맙다. 우리의 영원한 아기 '조후레'."


애완동물은 사람과 영원한 친구다. 노인복지 센터에서 거동이 불편한 노인들, 외롭고 고독한 노인들을 위해서 애완동물을 대여해 주기도 한다.

하지만 캘리포니아에서는 아무리 애완동물이 귀여워도 무릎 위에 앉혀놓고 운전하다가 걸리면 벌금 폭탄을 맞는다.

한 가지 놀라운 사실은 사랑하던 반려동물이 죽은 지 30~40년이 지났는데도 찾아와 꽃을 놓고 간다는 믿기 어려운 장면이다.

# 30

## 매운 맛, 핫 소스를 성공시키려면

샌프란시스코 중국 식당에 들렀다. 테이블마다 동그란 양념 통에 소금, 후추, 간장 그리고 스리라차 병이 담겨 있다. 스리라차는 베트남 매운맛 소스이다. 우리의 고추장과 같은 양념장이다. 어떤 음식이든지 매운맛 스리라차를 쳐서 먹으면 맛이 더 좋아진다.

스리라차는 베트남인들을 따라 미국에 상륙했다. 고추장보다 늦게 미국에 왔지만 산업화에 성공해서 미국인들의 사랑을 받고 있다.

지금이라도 고추장을 묽게 만들어 병에 담아 병을 거꾸로 들면 쉽게 흘러나오는 핫 소스를 개발한다면 이 역시 성공할 것으로 믿는다.

오래전에 딸이 보스턴에서 학교에 다닐 때 학교를 방문한 적이 있다. 그때 학교 근처에 있는 한국 식당에서 점심으로 회덮밥을 시켰는데 고추장에 식초를 타서 묽게 만든 핫 소스 병과 함께 나왔다. 플라스틱 핫 소스 병을 가꾸로 들고 배를 눌러 짜면 묽은 고추장이 국수 가락처럼 길게 나왔다. 케첩처럼 개발했으면서도 대중화에 눈을 돌리지 못했다고 보여진다.

Huy Fong Foods 회사는 데이비드 트랜 씨(70)의 스리라차 매운 소스 만드는 회사 이름이다.

트랜 씨는 지난 30년간 이미 돈을 억수로 벌었다. 하지만 2010년 이후 스리라차 매운 소스를 출시하면서 회사의 수익은 걷잡을 수 없이 늘어났다. 스리라차 매운 소스는 미국인들의 입맛을 사로잡은 조미료가 되고 말았다.

트랜 사장은 1979년 미국으로 이민 오면서 Huy Fong Foods 회사를 설립했다. 그리고 스리라차 매운 소스를 만들기 시작했다. 처음에는 LA 근교에서 쉐비 밴에 싣고 다니면서 아시안 식당에 팔았다.

스리라차 매운 소스는 캘리포니아에서 자란 고추를 태양에 말린 다음 갈아서 만든 가루에다가 소금, 설탕 그리고 식초를 넣었다.

그의 소스는 시장에 나와 있는 여러 회사 스리라차 중에서 가장 걸쭉하고 확실히 맵다.

"어떤 음식도 스리라차를 치면 맛이 좋아진다."

"나는 매일 음식에 스리라차를 쳐서 먹는다."

라고 트랜 씨는 말한다.

처음 비즈니스를 시작할 때는 트랜 씨 자신의 밴에 광고를 써 붙이고 다니는 것이 전부였다.

신문이나 미디어에 광고한다는 것은 엄두도 내지 못했고, 기자들의 호기심을 불러일으킬 만한 인기품목도 아니었다.

그러나 운이 닿아 뉴욕의 레스토랑 '모모후쿠 누들 바(Momofuku Noodle Bar)'에서 주방장 데이비드 챙이 '스리라차'를 쳐서 맛을 내면서부터 순식간에 다른 레스토랑들도 따라 하기 시작했다.

드디어 음식 맛만 다루는 작가 Randy Clemens가 한 번도 아닌 두 번이나 쿡 북(cook books)에 소개했다. 스리라차는 곧바로 알려지기 시작했다. 녹색의 병뚜껑에 흰색으로 수탉이 그려져 있고 다국어로 소개된 스리라차가 탄생한 것이다.

잡지 Cooks Illustrated지는 스리라차가 2010년도 최고의 음식 성분이라는 찬사를 아끼지 않았다.

스리라차는 'hipster(유행만 걸치고 다니는 사람) 케첩'이라는 별명으로 불리면서 샌드위치 식당부터 타코, 아시안 식당 테이블에 줄줄이 자리를 차지해 나갔다.

그러나 스리라차 소스의 진짜 자리매김은 2013년 후반기에나 이루어졌다. 트랜 씨가 매운 고추를 갈면서 파생되는 분진이 냄새와 눈물을 자극한다는 이유로 이웃들로부터 소송을 당했다.

그는 결국 공장을 로즈메드에서 어윈데일 캘리포니아로 옮기면서 신문 기자들의 주목을 받게 되었고, 이것이 기사화되면서 널리 알려지는 계기가 됐다. 신문 기사는 오히려 광고 효과를 발휘하면서 스리라차가 본격적으로 식당과 가정집 식탁에까지 올려지기 시작했다.

2014년 2월에는 드디어 650,000-sq 스리라차 공장의 생산과정을 만인에게 공개했다. 생산과정을 공개함으로써 소비자들로부터 믿고 먹을 수 있는 제품이라는 신뢰를 얻어냈다.

Huy Fong 회사는 Pop! Gourmet Foods와 라이선스 계약을 맺고 '스리라차 비푸 절키, 해바라기씨 등 22가지 제품을 생산하고 있다. 트랜 씨는 스리라차 팝콘을 직접 생산하기도 한다. 트랜 씨의 목표는 미국인 모두의 손에 스리라차 병을 쥐어 주는 것이다.

2014년 한 해에만 2천만 병이 팔려나갔고 액수만도 6천만 달러어치이다. 90명의 정규직 종업원과 100명의 파트타임 일꾼들이 일하고 있다. 트랜 씨는 캘리포니아 지역에서 생산된 재료로 소스를 만든다는 것에 자부심이 있다고 했다.

그는 베트남에서 보트 피플로 떠다닐 때 받아준 나라는 미국밖에 없었다면서 미국에 보답해야 한다고 말했다.

트랜 씨는 70세이다. 동양인들이 다 그러하듯이 자식들에게 사업체를 물려주고 뒤에서 감시만 하고 있다.

베트남의 스리라차보다 먼저 개발해 놓고도 설마 고추장 소스가 미국을 점령할 수 있을까 의문을 품고 시도도 해 보지 않았던 한국 식당 주인이 안타깝다.

# 31

# 미국 최대의 명절 추수감사절

추수감사절은 1620년 프리모트 매사추세츠에서 시작되었다. 농사를 끝내고 감사하는 종교적 의식으로 이웃과 만찬을 즐기던 행사다. 만찬의 중심에는 구운 칠면조 요리를 나눠 먹는 것이 미국의 전통이다.

현대에 와서 '추수감사절 정신'은 가난한 이웃들과 함께 만찬을 나누는 봉사 정신이 추가되기도 했다. 한인교회가 중심이 되어 노숙자들에게 추수감사절 특식을 제공하는 행사가 매년 벌어지고 있기도 하고, 많은 한인 학생들이 자원봉사로 나서기도 한다.

추수감사절의 전통적인 행사로는 아침부터 메이시 백화점이 주최하는 뉴욕 퍼레이드가 있다. 1924년부터 이어온 퍼레이드는 당대에 인기 있고 유명한 캐릭터를 만들어 거리를 누비는 행사를 TV를 통해 전국에 중계방송하는 게 관례이다.

다른 채널에서는 미식축구 중계방송을 하는 것도 빼놓을 수 없는 빅 게임이어서 어른들은 맥주나 마시면서 축구경기를 보는 것이 일반 미국 가정의 추수감사절 한낮의 풍경이다.

집에서는 당연히 칠면조를 굽는다. 추수감사절 만찬에 칠면조가 빠지면 만둣국 없는 설날과 같은 거다. 아내는 아침부터 준비해 놓은 칠면조를 통째로 오븐에 넣고 굽기 시작했다.

이번에 아내가 굽는 터키는 10.4kg짜리 큰 칠면조다. 다른 오븐에는 터키만 한 햄을 한 덩어리 넣고 5시간 굽는다.

칠면조 굽는 냄새가 집안에 퍼져가고 오후 4시쯤이면 애들이 손주들을 데리고 모여든다.

며느리는 샐러드와 초밥을 가져오고, 막내딸은 마카로니에 애플파이를 들고 온다. 다 모이면 10명이 되는데 거기에 늙은 고모 한 분이 껴서 테이블에 둘러앉는다.

터키도 햄도 써는 건 주로 남자들의 몫이다. 햄이 겉은 누리끼리 탄 것 같으나 속 깊숙이 잘 익었다. 적당히 얇은 두께로 손바닥만 한 크기로 썰어서 접시에 놓는다.

다 익은 칠면조를 썰다 보면 행운의 뼈(wishbone)라고 해서 새의 목뼈와 가슴을 잇는 작은 새총 모양처럼 생긴 Y자형 뼈가 나온다. 이 뼈를 한 가닥씩 잡고 당겨서 부러질 때 큰 조각을 갖는 쪽에 행운이 있다는 속설이 있어서 행운을 잡으려고 한바탕 법석을 떨기도 한다.

터키도 햄도 그레이비를 얹어서 먹으면 씹을 것도 없이 살살 녹

미국 문화의 충격적인 진실 35가지

는 기분이다.

미국에서는 매년 추수감사절 하루 전날 대통령이 칠면조 한 마리를 사면해 주는 행사가 백악관에서 열린다. 한국인이 듣기에는 좀 생경한 이야기가 되겠으나 미국의 전통적인 유머러스한 행사다. 전통 행사의 시작은 1947년 트루먼 대통령이 처음 시작한 이후 지금까지 계속 이어지고 있다.

오바마 대통령 역시 백악관 뒤뜰에서 두 마리 터키, 카블러(Cobbler)와 고블러(Gobbler)를 특별 사면해 주면서 "축하한다, 나머지 생을 잘 살아라" 하고 축복해 주기도 했다.

추수감사절 만찬으로 온 국민이 먹기 위해 칠면조 4천5백만 마리를 죽여야 한다. 마치 한국에서 한여름 복날 삼계탕을 먹으려고 수만 마리 닭을 잡는 것과 같다.

칠면조 4천5백만 마리 중에서 한 마리는 대통령의 권한으로 사면해 줌으로써 생명을 구하는 일이니 칠면조로서는 얼마나 큰 행운을 얻은 셈이 되겠는가?

처음 시작할 때만 해도 터키 한 마리를 사면해 주었는데 세월이 흐르면서 한 쌍이어야 한다는 여론에 못 이겨 보조 터키를 합쳐서 두 마리를 살려준다.

여기서 주목해야 할 것은 만찬에 오르는 칠면조는 모두 암 터키이다. 수컷은 고기가 질겨서 환영받지 못한다. 5개월 정도 길러서 무게가 10kg 정도 되는 암 터키가 살이 연하고 먹기에 좋다. 사면 받는 칠면조는 당연히 암컷 한 마리인데 혼자서 외로울 것 같아서 보조원 수컷을 딸려 보내 준다.

사면 받은 칠면조는 버지니아 주 록킹함에서 보호받으며 자연사 할 때까지 살아갈 것이다.

칠면조가 사형을 당할 건지 사면을 받은 건지 알 리가 없겠으나 칠면조 고기를 먹어야 하는 인간으로서 최소한의 위안을 받으려는 행위일는지도 모를 일이다.

작년 추수감사절에 오바마 대통령이 사면해 준 칠면조 '자유(Liberty)'와 보조 칠면조 '평화(Peace)'가 미네소타 윌마에서 살다가 일 년을 못 넘기고 '평화'가 죽어서 화제에 올랐다.

'자유'와 '평화'가 사는 '벌논 동산' 부사장은 '평화'가 병에 걸려 앓고 있는 것을 안락사 시켜 주었다고 했으나 기자들은 '벌논 동산' 측에서 과연 잘 기르고 있었는지 의아해하고 있다.

그리고 '벌논 동산'에 딸린 '벌논 여관'에서 터키 저녁 식사를 17.50달러에 제공하고 있다면서 의혹의 눈총을 버리지 못하고 있다.


한국에서 추석에 송편을 만들어 조상 묘를 찾는 의식이 매우 중요한 것처럼 미국에서 추수감사절에 터키 만찬을 먹는 것도 그만큼 중요하다. 터키 만찬을 위해서 전 국민이 대이동하는 것도 한국에서 추석 대이동과 유사하다.

추수감사절 만찬은 있는 자나 없는 자나 할 것 없이 누구나 다 즐겨야 하므로 여러 자선단체에서 독거노인이나 노숙자들을 위해서 터키 디너를 거저 제공해 주기도 한다. 그만큼 터키 만찬은 중요해서 추수감사절 다음날 직장에서나 이웃을 만나면 터키 먹었느냐가 인사일 정도다.

한국인들은 칠면조보다는 닭고기가 더 맛있다고도 한다. 그러나 미국인들은 칠면조 고기를 일 년 내내 즐겨 먹고 있기에 고기 맛을 알고 있고, 칠면조 고기는 닭고기와 비교가 안 되리만치 격이 있는 고기에 속한다.

추수감사절은 터키 만찬만이 아니라 멀리 떨어져 살고 있던 가족들이 한자리에 모여 동질성과 가족애를 다지는 좋은 기회이기도 하다.

미국에서 사는 동포들은 공휴일도 그렇고 사회적 시스템이 미국식으로 돌아가고 있어서 명절을 같이 즐겨야 이웃과 균형이 잡힌다. 혼자서 한국 명절을 따라가려고 하면 엇박자로 인하여 죽도 밥도 안 된다는 것을 오랜 경험으로 터득하였다.

처음부터 맛있고 길들여진 음식이 어디에 있겠는가. 터키 음식도 먹다 보면 어느새 그 맛을 즐길 줄 알게 된다. 김치는 모든 음식을 포용하는 성질이 있어서 터키 고기도 김치와 함께 먹으면 그 맛이 희한하게 구수하고 계속 당긴다.

추석 음식 남은 것을 다음날 이것저것 넣고 섞어서 지지고 볶아

나만의 요리를 만들어 즐겨 먹듯이 추수감사절에 남은 음식도 다음날 이것저것 섞어서 넣고 다시 마이크로 오븐에 데워 먹으면 그 맛이 일품이다.

미국 문화의 충격적인 진실 35가지

# 32

# 한국인들의 끊이지 않는 가정폭력

미국은 주마다 상속법이 다르게 되어 있어 남편이 사망했을 경우 배우자가 100% 상속받는 주가 있는가 하면 50%만 상속받는 주도 많다.

그러나 캘리포니아 주는 법으로 부부 중에 한 사람이 사망할 경우 100% 배우자에게로 넘어 간다. 캘리포니아는 진보적이어서 매사 앞서가는 경향이 있다.

부인에게 경제권의 50%를 차지하게 함으로써 여성의 권익과 지위를 보장해주는 측면이 있다.

여성의 지위향상은 곧 가정폭력에도 영향을 미쳐 남성으로 하여금 폭력행사 전에 정신적 압박을 가져온다. 결국, 가정폭력을 줄이는 가장 큰 근본 대책이다.

미국에서 가정폭력은 중범죄에 해당한다.

미국에 와서 사는 한국인들은 한국에서처럼 부부 싸움을 하면

서 그대로 아내를 힘으로 제압하거나 폭력을 행사하다가 달라진
사회제도에 걸려 봉변을 당하는 수가 종종 있다.

시카고에서 아파트를 얻어 살고 있던 한국인 중년 부부가 있었
는데, 부부싸움 끝에 남편이 부엌칼을 들고 아내를 죽이겠다고 위
협했다.

이를 본 이웃이 경찰에 신고했고 출동한 경찰은 권총을 꺼내 들
고 남편에게 칼을 놓으라고 명령했으나 계속해서 칼을 들고 서 있
다가 현장에서 사살 당했다.

한국인들은 남자가 체면이 있지 내려놓으란다고 즉석에서 순순
히 놓을 수는 없는 노릇이라고 생각한다. 어느 정도 시간을 끌다
가 내려놓으려고 했을 뿐이다.

아내는 죽일 것까지는 아니었다고 말하였으나 이미 사건은 마무
리되고 난 다음이다.

미국에서 경찰의 명령은 곧 법이어서 순종하지 않으면 변을 당해
도 할 말이 없다.

남 캘리포니아 샌버나디노 카운티에서 별거 중인 아내에게 40대 남성이 침입해 난동을 부리다가 경찰의 총에 맞고 체포되었다.

경찰이 출동했을 당시 아내와 13살 난 아들은 주택 밖에 나와 있었다고 했다.

아내의 말에 의하면 별거 중인 남편이 집에 찾아와 자신을 폭행했다고 진술했다.

남편 김 씨는 나체로 집안에서 난동을 부리고 있었고 경찰이 집 안으로 들어서자 집기를 집어 던지며 저항했다.

수차례 경고를 무시하고 의자를 머리 위로 들어 경찰에게 던지려 하자 권총을 발사해 제압했다.

총상을 입은 김 씨는 헬기로 옮겨져 치료를 받은 뒤 다음날 성 폭행 미수 및 경관 폭행 등 혐의로 정식 구속되었다.


핫라인을 통한 전화 상담이나 보호소에 온 한인 여성들을 조사해 보면 한인 남성들이 아내나 애인에게 대하는 관점이 미국인들과 매우 다르다는 것을 알 수 있다.

남녀는 대등한 관계여서 가정운영 방식이 매사 50대 50이어야 하는 데 비해서 한국인 남성들은 남존여비사상을 버리지 못하고 아내의 의견을 무시하는 경향이 있다.

가정폭력은 부부가 싸우다가 남편이 아내에게 완력을 가하는 데서 시작한다. 뺨을 때리거나 발로 차기도 하고, 목을 조르거나 사지를 묶기도 한다. 칼로 찌르거나 불로 지지기도 하며 머리채를 낚아채기도 하고 팔을 비틀고 심지어는 감금하기도 한다.

사람들은 가정폭력은 신체적 학대만 생각하는데 육체적 피해를 주지 않고 다른 방법으로 고통을 주는 사례도 많다.

비난이나 악담을 하거나 아내의 의견을 무시하고 망신을 주거나 비밀을 만들기도 하고, 미친 사람 취급을 한다거나 과거를 들춰내는 행동을 하는 등 다양한 정신적 폭력이 그것이다.

정신적 심리적 폭행을 당하면 눈에 나타나지는 않으나 이로 인해 자신감을 잃고 자아를 상실하게 된다.

경제적 학대도 있다. 취업을 방해하거나 돈을 구해 올 것을 강요하기도 하고 아내의 수입을 갈취하거나 자신의 수입을 알려주지 않고 혼자 써버리는 것이다. 이로써 아내가 받는 상처나 고통은 이루 말할 수 없이 크다.

성적 학대는 더 심각하다. 아내를 성적 도구로 여기는 경우가 많이 있다. 시도 때도 없이 성관계를 강요하는 것이 당연하다고 생각하는 것이다. 가해자는 '사랑'이라는 말로 자신의 행동을 합리화하려 하지만 피해자에게는 상대방의 감정을 무시하고 힘으로 통제하는 행위로 느껴질 뿐이다. 부부간에도 강간은 엄연히 존재한다.

그 외에도 시집 식구들이 가세해서 언어폭력과 정신적 고통을 가해오는 경우도 흔하게 있다.

미국에서는 가정폭력을 형사사건으로 취급해서 국가가 적극적으로 대처하고 있다.

사건이 보고되거나 상처 입은 여성이 병원에서 치료받으려면 반드시 자초지종을 설명해야 하고 의료진은 의무적으로 경찰에 보고하게 되어 있다.

사례 3

2013년 9월 6일 김민규(33세) 씨는 LA 공항을 통해 미국에 입국하려다가 취소된 여권임이 드러나 그 자리에서 체포됐다.

김 씨는 LA 거주자로서 2010년 애인을 주먹으로 폭행하고 도망가려 하자 끓는 물을 끼얹어 팔에 화상을 입혔다.

LA 경찰에 체포되어 구금된 상태에서 보석금 50만 달러를 내고 석방되어 재판을 기다리던 중에 한국으로 출국해 버렸다. 한미 범죄자 공동수사에 걸려 한국에서 구금되었다가 자진해서 서울을 떠나 LA로 오는 중이었다. LA 카운티 검사에 의하면 김 씨는 가정폭력과 죽일 수도 있는 무기에 의한 폭행, 기소상태에서 도주혐의를 받고 있다.

캘리포니아에서는 애인도 아내와 같이 가정폭력으로 취급한다.

가정폭력에 시달리고 있는 여성들이 집을 나오면 갈 곳이 없는게 보통인데 여성쉼터를 운용함으로써 문제를 해결해 주고 도움을 주기도 한다.

한국에서는 현행법상 가정 내에서 발생하는 폭력사건을 형사사건이 아닌 가정보호사건으로 처리하고 있다.

가정보호사건은 가해자가 불구속 상태에서 가정법원에 송치된다. 그리고 가해자와 피해자가 합의를 보게 유도하는 것이다.

가해자가 구속되지 않고 버젓이 같은 지붕 아래서 살면서 합의를 본다는 게 가능한 일인가.

결국은 계속해서 폭력을 당하게 된다. 피해자는 이중 피해를 보는 입장이 되다 보니 구태여 법에 의존하려 들지 않는다.

법이 피해자 중심이어야 가정폭력을 줄일 수 있다.

가정폭력 사건을 형사입건할 수 있는 제도적 뒷받침이 있어야 가정폭력을 줄일 수 있고 여성권익 보호도 될 수 있다.

# 33

# 미국학교에서는 말썽부리는
# 중고등학생 어떻게 다루나

　한국인들은 어린 학생들이 미국에 가서 공부 잘하고 성공한 이야기만 듣고 있어서 한국 아이들은 미국에만 가면 모두 공부 잘하는 줄로만 알지만, 그렇지 않은 아이들도 많다는 사실을 간과하지 않으면 안 된다.

　미국에는 학교 체벌이 금지되어 있다. 학교 체벌이 없다면 말썽부리는 학생을 어떻게 다루는가?

　수년 전 서울시 교육청에서 학교 체벌 전면금지를 위해 여론조사를 실시했는데 반대가 77%, 찬성이 20.6%, 모름 2.4%로 집계된 것을 TV 뉴스를 통해 접한 일이 있다.

　이것은 한국 학부모들은 체벌 없이는 교육이 안 된다고 생각하고 있다는 의미이다.

　실제 상항을 보면 말 안 듣는 학생들은 제멋대로 돌아다니거나 들락거리기도 하고, 선생님께 반항하는 학생, 급우들을 괴롭히는 학생, 심지어 선생님을 희롱하는 학생까지 등장하고 있으니 체벌금지를 찬성만 할 수도 없는 노릇이다.

학교 체벌이 금지된 캘리포니아의 교육제도에서는 어떻게 하고 있는지 살펴보자.

먼저, 사회 분위기에 민주의식이 깊숙이 자리 잡고 있어서 아이들도 기본적으로 법과 제도를 준수하고 있다.

그래도 말썽부리는 아이는 있기 마련이고, 말려도 듣지 않는 아이도 나타나는 것이다.

그러나 미국에서 학교 체벌이나 군대 체벌이 없어진 지는 오래되었다. 오래된 만큼 경험과 노하우가 축적되어 있어서 잘 운영되고 있다.

한 학급에 학생 수가 사립학교의 경우 평균 15명 정도이고, 공립학교의 경우 평균 25명 정도다. 초등학교의 경우 선생님 한 분에 보조교사(도우미) 한 분 정도 붙어 있다.

중고등학교에서는 보조교사는 없고 학과별로 교사가 있다. 한 반 25명 학생도 두세 그룹으로 나눠 공부 잘하는 학생들과 그렇지 못한 학생들의 진도를 달리하는 수도 있다.

어느 나라나 대부분의 학생은 말을 잘 듣는다. 말썽부리는 학생은 어쩌다가 한 명 있기 마련이다. 마치 어쩌다가 영재가 있는 것과 같다. 학생에게서 영재성이 보이면 영재학교로 보낸다.

남에게 피해를 주는 학생은 민주의식을 교육해 주면서 가벼운 벌을 준다. 효과적인 벌은 선생님이 개발해서 쓰는 것이 좋다. 예를 들면 문제아에게는 점심시간을 15분만 주고 나머지 15분은 어느 책 몇 페이지를 읽게 한다거나, 반성문을 써내게 하는 간단한 벌을 준다. 대부분의 학생은 이 단계에서 버릇을 고친다.

두 번째 단계로는 학부모에게 전화를 걸거나 이메일을 보내 집에서 버릇을 고쳐오도록 연락한다. 학생들은 부모에게 연락하는 것을 매우 싫어한다. 이 점을 이용하는 방법이다.

그래도 별다른 진전이 없을 경우에는 세 번째 단계로 학부모를 학교로 불러 선생, 학생, 학부모가 한자리에 마주 앉아 의논해서 버릇을 고치는 방법을 찾는다.

그랬는데도 계속해서 말썽을 부리고 개선의 여지가 없으면 다른 급우들에게 피해가 가지 않게 하기 위하여 선생님들이 모여 회의를 거친 다음 '대안학교(Alternative School)'로 보내게 된다.

'대안학교'라고 해서 말썽꾸러기만 모여 있는 나쁘기만 한 학교는 아니다. 마치 영재학교가 따로 있듯이 특수성격의 학생들이 가는 학교도 따로 있을 뿐이다. 학부모 생각에 우리 아이를 '대안학교'에 보내기는 싫고 사람은 만들고 싶어서 특수 사립군사학교에 보내는 경우도 있다. 군사학교라고 해서 군인이 되는 것은 아니고 기숙사에서 군인처럼 교육받는 학교이다.

'대안학교'에서 잘 적응하면 일반 학교로 다시 옮겨 갈 수도 있고, '대안학교'를 졸업해도 일반 학교와 다를 게 아무것도 없다. 때로는 고등학교를 졸업하지 못하는 학생도 있다.

그런 학생들을 위해 성인학교가 있는데 졸업에 부족한 성적을 이수하면 졸업장을 받을 수도 있다.

# 34

## 성공의 비결은 '기'를 살리는 것

나는 어려서 어머니에게 야단을 맞을 때면 할머니로부터 "애 기 죽이지 마라" 하는 말을 많이 들었다. 그때는 그게 무슨 뜻인지 몰 랐다. 이제는 '기'가 어떤 것인지 확실하게 알게 되었다.

미국에서 초등학교에 입학하면 남에게 폐가 되는 행동을 해서는 안 된다는 것부터 가르친다. 큰 목소리로 떠드는 것은 물론, 대화 도중에 언성을 높이거나 화를 내서는 안 된다. 상대방의 말이 끝 날 때까지 기다렸다가 자신의 의견을 피력하는 예의도 배운다.

미국인들이 감정을 다스리고 이성을 잃지 않는 것은 어려서부터 민주의식 교육을 받아왔기 때문이다. 어려서 어떻게 교육을 받으 면서 자랐느냐가 커서도 그대로 나타난다.

질서정연한 미 의회 활동이나 피켓시위와는 달리 한국 국회의 싸움질이라든가 극단적인 노조쟁의가 서로 판이하게 다른 까닭은 어려서 받은 교육이 다르기 때문이다.

사소한 기초 질서나 교통법규를 지키는 일상적인 일이 다 어려서 받은 교육으로부터 시작된다는 걸 모르는 사람은 없다.

미국에서 살다 보면 미국인들은 말 잘 듣는 사람들이라는 걸 경험하게 된다. 아무도 보지 않는 밤에 차를 몰고 시골길을 가다가 정지 표시 앞에서 반드시 섰다가 가는 것도 말을 잘 듣는 데서 행해지는 현상이다. 미국인들은 길게 줄을 서서 아무리 오래 기다려도 불평하지 않는다.

연구에 의하면 5~6세 아동이 집중력 유지 시간을 다소 늘려나갈 수 있다. 15분이 지나면 산만해지고 자리를 이탈하거나 떠들기 시작한다.

그러나 반복되는 교육을 통해서 집중력 유지 시간을 다소 늘려나갈 수 있다. 교육은 부모가 아이를 주의 깊게 살피면서 아이에게 맞게끔 이끌어 나가는 게 가장 중요하다.

그렇다고 말 잘 듣는 아이로 교육시키는 것만이 제일 나은 방법이라고 말할 수는 없다. 다는 아니지만 말 안 듣는 건 어른이 되면 자제력이 생겨서 저절로 고쳐지기 마련이다. 풍수지리학적으로 한반도는 '기'가 세서 한국 아이들도 '기'가 센지도 모를 일이다.

미국인들은 상상도 할 수 없는 보이지 않는 '기'가 한국 아이들 몸속에서 흐르고 있다. 주체할 수 없이 넘쳐흐르는 '기'가 한국 아이들을 가만 놔두지를 않는다. 무엇인가 끼를 발산해야 '기'가 좀 풀린다. 그러다 보니 말 안 듣는 아이로 전락하는 것 같이 보이기도 한다.

미국 문화의 충격적인 진실 35가지

언뜻 듣기에 '기'가 세면 안 좋은 것처럼 들릴 수도 있겠으나 그렇지만은 않다. '기'를 좋게 쓰면 좋은 것이 되고, 안 좋게 쓰면 그와 반대가 된다.

중요한 것은 '기'를 살려놓은 아이들은 어른이 되어서도 '기'가 살아 숨 쉰다.


'기'는 한국인만이 가지고 있는 특이한 DNA이다. 일본인에게는 정신과 혼은 있어도 진정한 '기'는 없다. 미국인에게는 정신만 있을 뿐 혼도 없고 '기'도 없다. 중국인에게 '기'가 있다고는 하지만 한국인이 가지고 있는 역동적인 '기'는 아니다.

태권도에서 보여주는 '기'와 중국의 '쿵후' 일본의 '당수'를 비교해봐도 그 '기'의 차이를 확실히 알 수 있다.

지리학적으로 한반도에서 우리 민족에게 '기'가 없었다면 지난 5000년을 살아남지 못했을지도 모를 일이다. 그만큼 '기'는 우리 민족에게 없어서는 안 되는 강력한 무기인 셈이다.

한국인이라면 누구에게나 '기'가 몸속에서 흐르고 있다. 길을 가다가 사물놀이 장단이 흘러나오면 어깨가 저절로 들먹인다. 특유한 한국인 신명의 역동이다.

신명의 원천은 '기'이고 역동성을 일으키는 게 '기'이다. '기'는 변화와 조화를 만들고 신명효과를 극대화한다.

춤추는 '싸이'에게서 '기'의 신명을 볼 수 있고, 붉은 악마들을 앞세워 온 국민이 한데 뭉쳐 활화산처럼 폭발하는 역동성이 한국인의 '기'인 것이다.

한류가 세계로 퍼져나가는 것도 '기'가 없이는 불가능하다. 한국인은 개개인으로 세계를 누비며 활동을 해도 '기'가 안 죽는다.

혼자서도 얼마든지, 무슨 일이든지 해낼 수 있는 건 한국인 특유의 '기'가 있어서 가능하다.

일본인은 혼자서는 아무 일도 못 한다. 여럿이 뭉쳐 다녀야만 할 수 있다. 중국인들은 아예 자기들끼리만 해 댄다.

한국이 전 세계에서 전무후무한 경제적 기적을 일으키게 된 원동력은 '기'에서 시작되었다. 악착같이 해내고, 악착같이 이기고, 악착같이 잘 사는 것의 밑바닥에는 '기'가 있다.

우리는 늘 알게 모르게 귀가 아프도록 듣는 말이 있다. "기죽지 마라", "기를 펴다", "기가 질리다", "기가 살다", "기가 막히다", "기차게 잘한다", "기똥차다" 등등.

한국인에게서는 주체할 수 없을 정도로 '기'가 넘쳐흐르고 있다. 한국인의 '기'는 지정학적으로 한반도와 무관할 수 없다. 한국은 경쟁이 심해서 무엇이든지 죽기 살기로 하지 않으면 이겨낼 수 없다.

한국에서 살아남을 정도의 '기'를 갖고 있다면 세계 어디에서도 살아남을 수 있다.

눈에 보이지는 않지만, 확실히 살아 숨 쉬는 '기', '정기'가 넘쳐나는 땅, 온천수가 솟아나듯이 '기'가 펑펑 솟아나는 땅 한반도는 정말 복이 넘쳐나는 땅이다.

쓰고 난 다음에는 맥이 다 풀려버리는 게 '기'이다.

한국은 '기' 때문에 오천년을 버텨왔고 지금까지 존립해 있다.

'기' 때문에 세계에서 발돋움해 높이 설 수 있고, '기' 때문에 '싸이'나 '케이 팝' 가수들이 튀어나올 수 있다. 매번 느끼는 일이지만 올림픽에서 싸우는 선수들은 우리의 '기'가 어떤 것인지 극명하게 보여주고 있다.

어쩌니 저쩌니 해도 한국인이라면 '기'가 없어서는 안 되는 이유이다.

어느 분야에서라도 성공하려면 운이 30%라는 글을 읽은 적이 있다. 그러나 나의 경험으로는 '기'가 팔 할이라고 말하고 싶다.

말 잘 듣는 것도 중요하지만, 맨주먹으로 세상에 나서는 사람들에게 '기'보다 더 중요한 것은 없다.

# 35

# 뿌리 깊은 미국 총기문화

일요일 이른 아침, 걷기운동을 하려고 집을 나서면 산 너머 멀리서 총소리가 들려온다.

콩 볶듯 요란하게 들려온다. 사격장에서 들려오는 소리다. 일요일 아침에만 들려오는 거로 봐서 취미삼아 사격을 즐기는 사람들이 쏘아대는 것 같다. 들리는 소리로 보아 꽤 많은 사람들이 사격을 즐긴다는 생각이 든다.

내가 사는 지역에만도 사격장이 세 군데나 있다. 그만큼 많은 사람이 사격을 운동으로 즐기고, 그만큼 총이 흔하다는 이야기가 된다.

미국인들 집에는 총이 다 있다고 보는 게 맞을 것이다. 본인이 구입하지 않았다 하더라도 할아버지, 할머니 아니면 그 윗분들 또는 부모, 삼촌 이런 친척들로부터 물려받는 예가 많다.

아니면 친구, 아는 사람에게서 얻을 수도 있다. 미국에서 오래 살다 보면 내가 원하든 원하지 않든, 이래저래 권총 정도는 생기기 마련이다.

사업하는 사람은 사업에 필요해서 구입하게 되고, 밤 문화를 즐기는 사람은 보신용으로 구입하기도 한다.

나의 경우에는 누님이 돌아가셔서 집 정리를 하다 보니 권총 두 자루가 나왔다. 조카하고 나하고 나눠 가졌는데 내 것은 브라질제 'Calibre 38 special'이다. 반짝반짝 빛나는 총알도 수십 발이나 된다.


코네티컷 주 초등학교 총기난사 참사 이후 총기규제를 촉구하는 목소리가 여기저기서 터져 나오고 있다. 너무 많은 지도층 인사들이 총기규제를 외쳐대서 이번에는 무엇인가 이루어질 것 같아 보이지만 기대는 금물이다.

지난 토요일 샌프란시스코와 오클랜드 경찰국에서 무기 되사기 프로그램을 시행, 샌프란시스코에서 290정, 오클랜드에서 300정을 사 들였다. 출처를 묻지 않고 되사는 무기지만 한 정당 200달러씩 지급했다.

지난 40년 동안 총기 난사 사건이 터질 때마다 총기규제 목소리는 높아지고, 무기 되사기 운동은 되풀이되고 있다. 그러나 실제로 총기소유를 규제하는 법 제정 같은 건 이뤄지지 않았고 될 수도 없다.

보수적인 사람들로부터 공감대를 얻을 수 없기 때문이다. 마치

축구(Soccer)가 아무리 노력해도 미식축구(Football)의 인기를 넘어설 수 없어서 대중화될 수 없는 것과 같다.

　미국은 원래 총으로 건국된 나라다. 총으로 나라를 세웠고, 총으로 질서를 잡았고, 총으로 부를 이루었고, 총이 전부다. 미국 문화에서 총을 빼 버리면 아무것도 남는 게 없다. 오죽하면 헌법 제2조에 자유로운 총기 소유를 담았겠는가. 개개인이 총을 소지함으로써 오는 장점이 단점보다 많이 있는 것도 원인 중의 하나다.

　나라가 외부로부터 침략을 받게 되면 전 국민이 민병으로 무장하고 나가 싸울 수 있는 장점이 있고 가정이나 자신을 지키는데도 무기는 필수이다.

　한국 속담에 법보다 주먹이 가깝다는 말이 있듯이 강도나 강간, 살인을 당하고 나서 법에 호소하면 무슨 소용이 있는가. 당한 사람은 이미 죽거나 만신창이가 된 다음인데.

　그보다는 무기를 소지하고 있다가 당하기 전에 먼저 막아내든가, 정당방위를 해야 할 것이다.

　무법자 앞에서 경찰을 부르면 경찰이 오기도 전에 상황은 끝나 버리고 마는데 그때까지 기다리면서 죽든가, 다쳐야만 선한 시민인가?

　법과 자기방어 중에 자기 스스로 방어가 먼저이고 자기방어에는 무기 소유가 필수요건이다.

　무기를 소유하고 있어서 범인이 함부로 접근하지 못하는 면도 있다. 마치 태권도를 익혀 놓음으로써 불량배에게 당하지 않는 것

미국 문화의 충격적인 진실 35가지

과 같다.

더군다나 무기 소유는 목숨을 방어하는 게 돼서 태권도와는 차원이 다르다고 하겠다.

미국총기협회(NRA: National Rifle Association)의 힘이 막강해서 어느 정치인도 함부로 나서서 무기규제법 제정을 밀어붙일 수 없는 게 현실이다.

샌프란시스코 크로니클지에 의하면 2012년도 한 해에만 하원의원 435명 중에 47%가 NRA로부터 정치자금을 받았다. 상원의원 42명이 돈을 받았고, 어느 의원이든지 의원생활 중에 적어도 한번은 NRA의 신세를 지고 만다.

샌프란시스코 북부지역 출신 민주당의원 마이크 톰슨은 NRA로부터 4,000달러를 받았다고 실토했다. 캘리포니아 중부지역 민주당의원 조 바카는 이번 선거에서 패배하고 말았다. NRA의 자금줄이 끊겨 선거에서 지고 말았다고 워싱턴 포스트 지와의 인터뷰에서 말했다.

많은 미국인들은 범죄를 줄이는데 총기규제만이 능사는 아니라고 말한다.

만일 학교 선생이 총을 소지하고 있었다면 그렇게 많은 희생자를 내기 전에 범인을 제압했을 수도 있었다고 믿는다.

코네티컷 주 초등학교 총기 난사의 문제는 총기에 문제가 있는 게 아니라 정신질환에 문제가 있다는 것이다. 버지니아 텍 총기 난

사 사건도 그랬고, 오이코스 대학 총기 난사 사건도 정신질환에서 발생한 사건들이다.

무기소유 자유가 얼마나 많은 범죄를 예방하는지 수치로 계산할 수 없어서 그렇지 실제로는 무기소유 자유화로 인한 희생과 반 희생은 어느 쪽이 더 비중이 있다고 말할 수 없는 문제다.